今日も生きててえらい!
[著] Kishimoto Kazuha
岸本和葉
[ill] Azuki Yui
阿月唯

「あ――――ありがとうございました、助けていただいて」
東条冬季
とうじょう ふゆき
春幸と同じ高校に通う紛うこと無き完璧美少女。
大企業・東条グループの社長令嬢であり、学生ながら実業家としての一面も。

「私はあなたのような人を側に置いて、
とろっとろ……いえ、どろっどろになるまで甘やかしたいのです！
それこそ、私がいないと生きられなくなるくらいまで！
これはもはや私の性癖と言っても過言ではありません！」
東条冬季
とうじょう　ふゆき
[redacted]
人をドロドロに
甘やかすことに
快感を覚える完璧(?)
美少女

「頑張り続けたキミに〝頑張ったね〟って言ってあげたくて……」
――東条さんの指が、俺の頭を撫でる。

「……背中を流させてくれませんか？」
ほんのり頬を赤く染め、
彼女はゆっくりと浴室へと入ってくる。

CONTENTS

kyo mo ikitete ERAI!

今日も生きてて
えらい！
～甘々完璧美少女と過ごす
3LDK同棲生活～
[著] Kishimoto Kazuha
岸本和葉
[ill] Azuki Yui
阿月唯

■プロローグ：銀髪美少女とクビになった俺

金、金、金――――。

生きていく上で金が必要だなんて話は全人類が知っているだろうし、俺もそれは重々分かっている。

だからこうして学校があった日の夜も働いているのだ。

生きていくために。

家賃、光熱費、食費、学費、その他学校で必要になった物。

両親を事故で亡《な》くした俺は、それらすべてを自分で稼がなければならない。

俺を引き取ると言ってくれた親戚の家に世話になっていれば、こんな苦労はしなくて済んだだろう。

ただ、両親が残してくれた財産目当てに媚《こび》を売ってきたあの人たちを、俺は信用できなかった。

彼らは俺の両親の死を悲しむどころか、悲しむ表情の裏で喜んでいたのだ。

そんな人たちとは、たとえ金を払ってでも一緒に暮らしたくない。

だから俺は、親戚たちにその金をばら撒《ま》いた。

二度と俺に関わらないという条件付きで――――。

「おーい坊主《ぼうず》、休憩入っていいぞ」

「はい！」

俺が今働かせてもらっているのは、道路の工事現場だ。

駅前の繁華街付近での作業になるため車の通りもそれなりに多く、事故を起こさないための交通誘導係を任されている。

もちろん未成年である俺は、本来深夜は働けない。

この仕事は前任者のバックレのせいで急募されていたものであり、履歴書いらずの日雇いバイトだった。

だから俺は悪いと思いつつ、年齢を偽って応募。そして若さの部分を見事採用され、今こうして働いているわけである。

「いやー、若いのがいると助かるよぉ。今大学生だっけ？」

「っ、はい」

「いいねぇ。もうオレなんて腰が痛くって敵《かな》わんよ。あ、ほら、コーヒー奢《おご》ったる」

「あ……ありがとうございます」

現場で作業をしている柳《やなぎ》さんは、俺に微糖の缶コーヒーを手渡してくれる。

夏が近づいてきたこの時期、安全のための分厚い作業着で火照《ほて》った体に、冷たいコーヒーが染《し》み渡《わた》った。

「十分くらいで再開すっから、またよろしくな」

「はい……」

ニッと頼れる笑顔を見せた柳さんは、そのまま仲間内で集まっている場所へと戻っていく。

これだけ良くしてくれている人を裏切っていると思うと、胸が締め付けられるように痛い。

「……ごめんなさい」

それでも、今このバイトを失うわけにはいかない。

昼はコンビニ、夜は交通誘導。

最低限の寝る時間と、勉強のための時間。

稼ぎとそれに対する時間を計算すると、これでもかなりギリギリだ。

この先はもうどれだけ睡眠時間を削れるかの話になってくる。

学校で寝ればもう少し楽になるかもしれないが——貴重な学ぶ時間をそんなことで消費したくない。

「っ、あぶね」

少し考え事をしていただけで、意識が体を離れかける。

すでに無視できないレベルには疲労がたまっているらしい。

体が休憩に甘えて動かなくなってしまう前に、俺は腰かけていた道路の段差から立ち上がった。

——その視線の先。

俺の目は、何やら口論をしているらしい人影を捉える。

「や、やめてください！」

「そんなこと言うなよぉ……ねっ、そんなに可愛《かわい》いんだからさぁ、おじさんと一晩くらい遊んでよォ」

俺と同い年、高校二年生くらいの女の子が、頭にネクタイを巻いた酔っ払いの中年に絡《から》まれている。

女の子は明らかに困った顔をしているし、中年の方は酔いが回り過ぎてまともに話ができそうにない。

このままでは苛立《いらだ》った中年に女の子が暴行を振るわれてもおかしくはないだろう。

見てしまった以上無視することができなかった俺は、休憩中なのをいいことに持ち場を離れ、彼女の下へと駆け寄った。

「あの、大丈夫ですか？」

「え……？」

女の子が顔を上げ、日本では珍しい自然な銀髪が小さく揺れた。

俺はこの顔と、この銀髪を知っている。

二年生に進学してから同じクラスになった、――下の名前は申し訳ないことに曖昧だけれど、確か東条《とうじょう》さんだ。

進学校であるうちの高校で、去年のすべての定期テストで全教科一位を取ったとか。テニスや陸上の大会で表彰台に上がったとか。

日本と海外をまたにかける大企業、東条《とうじょう》グループの社長令嬢であり、この銀髪は海外の血が混ざったことによるもの。

そしてその容姿は、誰もが振り向いてしまうような絶世の美女である。

そんな人が、目の前で酔っ払いに絡《から》まれていた。

「んだぁ？　兄ちゃん、俺の邪魔しようってのかァ？」

助けに入ろうとすれば黙っていないのが、ふらふらと足元がおぼつかないこの酔っ払い。

一言喋《しゃべ》るだけで、咽《むせ》そうになるほどの酒臭さが鼻を刺激する。

そんな彼の手には、キラリと光る指輪がついていた。

「えっと……大丈夫ですか？」

「あぁ？　何がだよ！」

「こんな時間まで飲んでたら、奥さんも相当怒ってると思いますよ」

呆《ほう》けた顔を浮かべた中年は、腕時計へと視線を送る。

人体とは不思議なもので、それを見た途端彼の顔は青くなり、酔いがすっかりどこかへ消えてしまったようだ。

「やべぇ……帰らねぇと」

ふらふらと去っていく中年の背中を黙って見送った俺と東条《とうじょう》さんは、そのまま顔を見合わせる。

こんなに近くで彼女の顔を見たのは初めてだったため、少し面食らってしまった。

これほどまで顔が良い人間がこの世にい《い》たのかと、意味もなく神に感謝しそうになる。

「あ――――ありがとうございました、助けていただいて」

「絡《から》まれているところを見てしまったので、さすがに助けずにはいられなかっただけです。その……怪我《けが》とかはなかったですか？」

「はい、おかげさまで大丈夫です。本当にありがとうございました、えっと……稲森春幸《いなもりはるゆき》、さん」

「……俺の名前、よくフルネームで言えましたね」

放課後になったらすぐに帰ってしまう俺は、一部の男友達以外とほとんど会話しないままこれまで過ごしてきた。

だから皆俺の名前なんて覚えていないと思っていたし、特に毎日多くの友人に囲まれている東条《とうじょう》さんなんて顔すら覚えられていないだろうと思っていたのに。

「クラスメイトの名前は初日に全部覚えましたよ？　皆さんと仲良くするために、です」

「は、はぁ」

「逆に稲森《いなもり》さんは私の名前を憶《おぼ》えていないんですか？」

「有名人なので、あなたが東条《とうじょう》さんだってことくらいは……申し訳ないけど、下の名前は曖昧で。えっと、ふゆか、さん？　でしたっけ」

俺がそう問いかけると、東条《とうじょう》さんは残念そうに俯《うつむ》いてしまう。

しかしすぐにその顔を上げた彼女は、俺の手をぎゅっと握って目を合わせて来た。

「東条冬季《とうじょうふゆき》と申します。季節に関係する言葉で、〝冬季《ふゆき》〟です。女の子らしくない名前なので、些《いささ》か憶《おぼ》えやすいと思うのですが……どうでしょう？」

「あ、いや、普通に可愛《かわい》い名前だとは思うけど」

「……意外とお上手ですね、稲森《いなもり》君は」

褒められたことで照れた表情を浮かべた東条《とうじょう》さんは、気を取り直すべく咳払《せきばら》いをして、改めて視線を合わせてくる。

「今年から二年A組のクラスメイトなのですから、もっと仲良くしてくださると嬉《うれ》しいです」

「そ、それはもちろん――――あ、」

「どうかされました？」

嫌な汗がぶわりと噴き出す。

視線を感じて恐る恐る振り向けば、そこには様子を見に来てくれたであろう柳《やなぎ》さんが立っていた。

「二年A組、クラスメイトっておめぇ……高校生ってことか？　じゃあ未成年じゃねぇか」

「あっ、その」

「……もういいわ、何も言わんで」

「……すみません」

たった今。

俺は学校一の美少女の笑顔と引き換えに、バイトをクビになった。

■01：タワーマンション

「あの、申し訳ありません。私のせいで……」

「いや、大丈夫ですよ。嘘《うそ》をついて働いていたのは俺ですし、その罰が当たっただけです」

現場をあとにした俺は、東条《とうじょう》さんを家まで送ることにした。

時刻は深夜を回りそうだし、女子を一人で帰らせるわけにもいかない。

「大事にならなかっただけマシですよ。東条《とうじょう》さんは気にしないでください」

「そういうわけにもいかないですよ……だって稲森《いなもり》君は私を助けてくれたのに、恩を仇《あだ》で返してしまったのですから」

彼女は酷《ひど》く落ち込んだ様子で、顔を伏せる。

ここまで気にされるとは思っていなかったから、俺もどう言葉をかけていいかが分からない。

とりあえず、少し話題を逸《そ》らしてみよう。

「そう言えば、どうしてこんな時間にこの辺を歩いてたんですか？」

「あー……少し用事がありまして」

「用事？」

「あ、そうだ。稲森《いなもり》君は夕食はもう済ませましたか？」

露骨に話を逸《そ》らされた。

もしかしたらあまり触れちゃいけない部分だったのかもしれない。

それなら馴《な》れ馴《な》れしく触れるようなことはせず、新しい話題に乗っておこう。

「ああ、いや。これから食べようと思ってたけど」

「それなら私にご馳走《ちそう》させてくれませんか？　そんなことで償い切れるとは思っていませんけど、せめて助けてもらった方の恩だけは返させてほしいと思いまして……」

本当に気にしなくていいのに――と言いたいところだったが、夕食のことを想起させられただけで盛大に腹が鳴ってしまった。

学校では弁当代わりに菓子パンを一つ食べただけで、それ以来まだ何も食べていない。

集中していたからこそ気づかなかったが、自覚してしまった途端腹の虫は治まることを知らずに鳴りまくる。

「ふふっ。どうやら少しは恩返しができそうですね」

「うっ……その、できればお願いしたいというか」

「ええ、もちろんです。では行きましょうか」

「ち、ちなみに聞いておきたいんですけど、どこに向かうんですか？」

こんな時間ともなると、飲食店はほとんど閉まっていることだろう。

居酒屋やチェーン店はやってるとしても、明るい場所で顔を見られればさすがに未成年バレしそうだ。

俺の質問を受け、東条《とうじょう》さんは悪戯《いたずら》っぽい笑みを浮かべる。

「私のお家《うち》ですっ」

◇◆◇

「う、わぁ……」

東条《とうじょう》さんに連れられるままあれよあれよと言う内にたどり着いた場所には、巨大なタワーマンションが建っていた。

現在俺の住んでいるボロい1Kアパートとは、失礼ながら天と地ほどの差がある。

さすがはお金持ち。もう住んでいるところから桁違いだ。

「ふふっ、可愛《かわい》い反応ですね」

「え?」

「ひとまずは部屋まで行きましょう。詳しくはそちらで」

自分の家なのだから当然なんだろうけど、慣れた様子ですいすい入って行く東条《とうじょう》さんの背中を、俺は恐れおののきながら眺めることしかできなかった。

俺の足が止まっていることに気づいた彼女は、俺に気を遣《つか》うような苦笑いを浮かべながらこちら側に戻ってくる。

「あの……オートロックなので、一緒に入っていただきたいのですが」

「……あ、あー、そうですよね。これがおーとろっくかぁ」

「先に説明しておけばよかったですね……申し訳ありません」

「こ、こちらこそ無知ですみません」

ぶっちゃけとても恥ずかしい。

両親が生きていた頃は普通のアパートに住んでいたが、そこはオートロックではなかったし、友人にもこういう場所に住んでいる人種はいなかった。

だからこうしてマンションに自動ドアがついていること自体が新鮮だし、そもそもどうしていいかが分からない。

「改めまして、中へどうぞ。ここからまた少しだけ時間がかかりますけど」

東条《とうじょう》さんにくいくいと袖を引かれ、俺はマンションの中に足を踏み入れる。

彼女の言う通り、広いエントランスを通ってエレベーターに乗り、そこからさらに最上階まで上がるものだから、思いのほか時間がかかって驚いてしまった。

――――というか、最上階なんだな。

何というか、もはや空気が薄そう。

まずい。こんな感想しか湧いてこない。

「ここが私の家です。自分の家だと思ってくつろいでくださいね」

「それは難しいと思いますけども……」

玄関を開け、家の中に入る。

見たところ3LDKか、それ以上の部屋数がありそうだ。

どこもかしこも綺麗《きれい》で、何となく甘い匂いがする。

「すみません、突然だったものであまり片付いていないのですが……」

「いやいや、むしろ埃《ほこり》一つなさそうっていうか」

「恐縮です。ふふっ、家族以外でこの家に来たのは、実は稲森《いなもり》君が初めてなんですよ?」

何だか照れ臭くなってしまう事実だなぁ。

しかし彼女の発言で一つ引っかかった俺は、恐ろしいと感じつつもそのことについて問いかけざるを得なかった。

「あの……家族が来るって、どういう意味、ですか?」

「ああ、私は今この家に一人暮らししてるんです。一つの社会勉強というか、自立の経験というか」

この3LDKの家に、一人で?

同い年であるはずなのに、目の前にいるはずなのに、彼女がさらに遠い高見に消えていく。

そしてもう一つの事実。今この家には、俺と東条《とうじょう》さんしかいないということ。

現状において、今この事実がもっとも恐ろしい。

「あ、二人っきりっていうのが気になりますか？」

「そりゃまあ……こんな夜に男女が二人っきりってのは健全ではないのでは？」

「大丈夫ですよ、襲ったりしませんから」

待ってくれ。

襲われるのは俺の方なのか？

「ソファーにおかけになってお待ちください。今から作るので」

「え？　で、出前とかなんじゃ……」

「出前と言ってもこの時間じゃ胃に重たい物ばかりだと思いますし、明日に響くようなことがあったらいけません。それとも何か食べたい物がありましたか？」

「いえ……特にないですけども」

「よかったです。こう見えて私、料理にはかなり自信があるんですよ？」

私服の上からエプロンをつけた彼女は、鼻歌を歌いながらキッチンへと向かう。

俺、今からあの東条《とうじょう》さんの手料理を食べるのか。

クラスメイトにバレたらめちゃくちゃ責められるだろうけども。

「嫌いな物やアレルギーってありますか？」

「あ、大丈夫、です」

「もしかして、緊張されてます？」

「も、もちろんです」

さっきからずっとキョドっているのがいい証拠だ。

「ふふっ、私としてはもっとリラックスしていただきたいんですけど、きっとそう言われても難しいのかもしれませんね。とりあえずテレビでも見てお待ちください」

「……分かりました」

借りてきた猫のように足を閉じてかしこまりつつ、恐る恐るテレビのリモコンを手に取って画面をつけた。

そもそも俺の家にはテレビがないため、こうして画面越しに芸能人が話しているのを見るのは久しぶりである。

（……映像めっちゃ綺麗《きれい》だな）

俺の知っているテレビと比べて、画面はやたらと大きいし彩度のクオリティも桁違い。

東条《とうじょう》さんはこの画面で映画などを見るのだろうか？

それは少し羨ましいと思ってしまう。

「――はい、できましたよ」

「え？」

ボーっと画面を見ていたら、気づかぬうちに二十分ほどが経過していた。

もしかすると疲れのせいで意識を失っていたのかもしれない。

慌てて姿勢を正して顔を上げれば、ソファーの前に置かれたテーブルに二人分のどんぶりが置かれた。

「肉うどんです。本当はもっと手の込んだ料理を召し上がってほしかったのですが、かなりお疲れのようで長く待たせてはいけないと思い、少しだけ質素になってしまいました」

すみませんと謝る東条《とうじょう》さんを前にして、俺は全力で首を横に振る。

ただの肉うどんと侮《あなど》ることなかれ。

牛肉が申し訳程度に乗っているなんてことは一切なく、表面が埋め尽くされるくらいにはちゃんと入っている。

さらにその上に乗ったネギがいい彩《いろど》りを生んでおり、つゆと肉の香りが食欲を限界にまで連れ去ろうとしてきた。

「本当に、いいんですか？」

「ええ、どうぞ召し上がってください」

俺はテーブルにもっと近づくため、ソファーとテーブルの間の床に改めて座った。

そして手を合わせて食事前の挨拶を終え、渡された割り箸を手に取り、温かな湯気を立てる肉うどんに口をつける。

空腹という要素も強いんだろうけど、それ以上に東条《とうじょう》さんの肉うどんは絶妙だった。

つゆの濃さもしょっぱ過ぎず、どちらかと言えば優しい味なのに、ニンニクなどを使った強い旨味《うまみ》のある料理以上に箸が止まらない。

「気に入っていただけたようで何よりです」

「おいひいですっ」

「ふふっ、ゆっくりで大丈夫ですから。落ち着いて食べてくださいね」

そうは言われても、箸が止まらないのだから仕方がない。

結局、五分もかからない内に完食してしまった俺は、名残惜しさを感じながらどんぶりをテーブルへと戻した。

「ふぅ……ごちそうさまでした」

「はい、お粗末様でした。食後のお茶を用意してきますね」

「何から何までありがとうございます」

「いえいえ。したくてやっていることですから」

こんなに優しい人がこの世界には存在していたのか。

あまりの温かさに、思わず目頭が熱くなってしまう。

「粗茶ですが、どうぞ」

「ありがとうございます……だけど俺そろそろ――――」

「今浴槽にお湯を張っているので、時間が来たらお入りください。肉体労働で汗もかいていると思いますし、このまま寝ては稲森君《いなもり》が明日気持ち悪い思いをしてしまいますから」

「え？　あ、はい。お構いなく……って」

「寝床の方も用意してきますね。稲森君《いなもり》は敷布団《しきぶとん》派ですか？　それともベッド派ですか？　もし枕が変わると寝られないというタイプでしたら、使いの者にご自宅まで取りに行かせますけど」

「ちょ……ちょっと待ってくれ！」

「はい？」

首を傾《かし》げ、東条《とうじょう》さんはきょとんとした顔を浮かべる。

まさしく何を言っているのか分からないと言った表情だが、分からないのはこっちの方だ。

「えっと、気のせいか？　もしかして、東条《とうじょう》さんは俺が君の家に泊まっていくと思ってる？」

「はい。最初からそのつもりで準備してましたけど」

訳が分からない。

もちろん俺は帰らせてもらおうと思っていたし、そもそも長居するつもりはまったくなかったのに。

若い男女が二人きりで夜を明かす。

たとえそこに間違いがなかったとしても、褒められた行為ではないはずだ。

「あ、そうでしたね。私ったら勝手に先走ってしまって……混乱させてしまい申し訳ありません」

「いやあの、どういうことですか……？」

「先にお話ししておきたいことがあるので、もう少しお時間をいただけませんか？」

まったくもって何が何だか分からないが、説明してもらえると言うのであれば聞くべきか。

そう思った俺は一旦立ち上がろうとしていた腰を落ち着けて、ソファーに深く座り直す。

「可能ならもう少し距離が近づいてからと思っていたのですが……すべてをお話させていただきますね」

「っ……はい」

東条《とうじょう》さんがあまりにも神妙な顔つきになるものだから、思わず俺も生唾を呑《の》み込んでしまった。

妙な緊張感に包まれる中、彼女は俺に向かって深々と頭を下げる。

「私と……その、結婚していただけないでしょうか！」

――はい？

「そ、それはどういう……」

「……経緯からちゃんとお話しいたします」

混乱がさらに深くなった俺を無視し、東条《とうじょう》さんは話を続けようとする。

どことなく、本当にどことなく、ましてや気のせいかもしれないが、彼女自身が酷《ひど》く動揺しているように見えた。

テンパっているような、照れているような。

顔も赤くなっている気がするというか、目が泳いでいるように見えるというか。

ともかく平静ではないことが、彼女の様子からは窺《うかが》えた。

もしかして、しれっとした態度で告げたように見えたが、相当緊張していた——とか？

「実は、私は今日までずっとあなたのことを見ていました」

「へ？」

「今日あなたのバイト先で出会ったのも偶然ではありません。私の実家である東条《とうじょう》グループの力を借りて情報を集め、あなたの職場を知ったからこそ私はあの場にたどり着けたのです」

彼女の話が、すんなりと入ってこない。

何故《なぜ》？　どうして？　が先行して、想像やこじつけができないのだ。

「……ずっと、気になっていたのです。日に日に疲れ、やつれていくあなたが。ご友人から声をかけられてもその誘いに乗らず、毎日授業が終わると同時に学校を出てましたよね？　昼食も菓子パン一つだったり……それがどうしても、気になりまして」

東条《とうじょう》さんは、一言一言確かめるように言葉を紡《つむ》いでいた。

先ほどまでとは打って変わって、羞恥や照れはどこにもない。

どちらかと言えば、自身の悪事を母親に伝える幼き子供のような印象を覚える。

わずかに冷静になってみれば、東条《とうじょう》さんのしたことはまともとは言えない。

相手が相手なら、ストーカー認定されてもおかしくないのだから。

「そして……あなたの身に起きたことも、すでに私は知っています」

「っ⁉」

東条《とうじょう》さんは、そこからこう話を続けた。

高校に入学する直前。稲森春幸《いなもりはるゆき》の両親の車が居眠り運転のトラックに突っ込まれ、二人はその場で即死。

トラック自体は両親の車を吹き飛ばしただけでは飽き足らず、近くにあった電信柱に突っ込んだ結果、運転手も病院に搬送される段階で亡《な》くなってしまった。

稲森春幸《いなもりはるゆき》に残った物は、運転手が働いていた会社からの慰謝料と、両親がコツコツ貯《た》めていた財産。

しかしかなりの額になったその財産たちを狙い、親戚が稲森春幸《いなもりはるゆき》を引き込もうとすり寄ってきた。

稲森春幸《いなもりはるゆき》はそれを円滑に拒否するために、学費以外の財産をすべて渡して、バイトで生活費を稼ぎながら一人暮らしをしている——と。

「全部……知ってるんですね」

俺の過去については、別に、好き好んで言うことではないと思っていたから黙っていただけだった。

だから知られていたところで怒りを覚えたりはしない。

だけど、俺の汚点を見られたことで、幻滅されたんじゃないか、とか。ガキの癖に見栄《みえ》を張って馬鹿な奴《やつ》だな、とか。

そんな風に思われていたらと想像してしまい、途端に不安が込み上がる。

「……私が知ったのは、そういった過去だけではありません」

彼女は俺に気を遣《つか》いながら、そっと手の甲に自分の手を重ねてきた。

俺よりも体温が低いらしく、東条《とうじょう》さんの指は少し冷たい。

「私はあなたを見ている中で、あなたの優しさを知りました」

「優しさ……？」

「はい。コンビニのバイトでは同僚のミスを庇《かば》い、交通誘導のバイトでは自分も疲れているのにも拘《かか》わらず、腰の悪い作業員の支えになってあげていました」

「そんなの、別に大したことじゃ……」

「他にも知っていますよ？　電車では妊婦さんやお年寄りの方に絶対席を譲りますし、荷物が重くて困っているお婆《ばあ》さんを背負って信号を渡る姿は、ここ半年ほどで二回は目撃しました」

半年前って。一体いつから俺を見ていたのだろう。

怒りはしないが、さすがに少しだけ怖くなってきたな。

「あなたは自分が毎日苦しく不便な生活をしているはずなのに、困っている人がいたら迷うことなく手を伸ばすことができる。私はあなたのそんなところに惚《ほ》れ込んでしまったのです。もちろん、理由はそれだけではありませんが」

「けど俺は……当然のことをしただけで」

「その当然のことが当然のようにできる人を、私は愛おしく思ってしまったのです」

そう告げて微笑《ほほえ》む彼女から、月明りのような優しい光を感じた。

どこまでも綺麗《きれい》に整った顔と、日本では中々見ることのできない銀色の髪。

神秘的な雰囲気を纏《まと》う彼女は、〝女神〟という言葉がもっとも似合っていた。

『人を助けることができる人でありなさい』

両親が遺《のこ》したその言葉を、俺は二人がいなくなった今でも守っていた。

そして俺がそういう人間であろうとしたからこそ、親戚たちから都合よく見られてしまったのだろう。

もしかしたら俺の人生は間違っているのかもしれない——。

そんな風に考えたことがないと言ったら、それは嘘《うそ》になる。

だけど東条《とうじょう》さんが肯定してくれただけで、不思議と安心することができた。

彼女の言葉には、何かそういった重みがあるような気がする。

「東条《とうじょう》さんみたいな人にそんな風に言ってもらえるなんて……何か、生きててよかったって思えます」

「私も稲森《いなもり》君が今ここで生きていてくれることが、すごく嬉《うれ》しいです」

本当にこの人は女神様なのかもしれない。

酷《ひど》く照れ臭くなった俺は、それを誤魔化すためについつい頰を掻《か》いた。

「では――私と結婚してくださいますか？」

……それとこれとは話が違うかもしれない。

「私はあなたのような人を側に置いて、とろっとろ……いえ、どろっどろになるまで甘やかしたいのです！　それこそ、私がいないと生きられなくなるくらいまで！　これはもはや私の性癖と言っても過言ではありません！」

「えぇ……？」

マジでこの人は何を言っているのだろう。

無駄にスタイリッシュなポーズを決めながら、東条《とうじょう》さんははっきりとそう宣言した。

あまりにも突飛な発言と行動に、俺の頭は一瞬にして冷静になる。

「私と結婚してくださるのなら、あなたを一生養うことをお約束します。あなたが天寿を全うするまで、何一つ不自由はさせません」

「それは……ありがたい話であるように聞こえますけど」

正直話が旨《うま》すぎて、このままどこかの宗教に勧誘されるんじゃないだろうかと心配になってきた。

ここまでの話もすべて俺の心を絆《ほだ》すためであり、一種の洗脳行為だった――のかもしれない。

「もしかして私、疑われてます？」

「……だって、話がうますぎますから」

「むぅ。ではもう少しちゃんと何故《なぜ》私が稲森《いなもり》君を好きになったのかを説明する必要がありそうですね」

先ほどまでのテンションに戻った東条《とうじょう》さんは、自分で淹《い》れたお茶を一口飲む。

「ふぅ……稲森《いなもり》君は、私という人間がどういう性格なのか知ってますか？」

「ちゃんと話したことがないから詳しくは分からないけど……誰とでも仲良くできる明るさがあって、誰にでも優しいってイメージ、かな」

「よかった。ちゃんとそう見えていたんですね」

彼女は安心したように胸を撫《な》で下《お》ろす。

聞き間違いだろうか。彼女の言葉をそのまま受け取るなら、普段の東城《とうじょう》冬季《ふゆき》は素ではないということになるけれど。

「中学生の頃、私は今と同じように友達に囲まれた日々を過ごしていました」

でも、実態はまったく違ったのです。

そう告げた東条《とうじょう》さんは、顔に不快感を露《あら》わにしながら言葉を紡《つむ》ぐ。

「ある日、彼女たちは私に言ったんです。『お小遣い分けてよ。あたしたち、友達でしょ？』、と」

「あ……」

「あの人たちは、私自身には何の興味もなかったんです。ただの金づる、そう認識されていたんでしょうね。だから高校からは舐《な》められてしまわないよう、常に中心に立って周囲の方々からいらない反感を買わないよう努力しました」

ああ、だからか。

「人としてではなく、私の持つ財産しか見られていないというのは、中々虚《むな》しい物でした。だからあなたが親戚から離れた時の心情には共感ができますし、その気持ちが分かるあなたなら、私に対しても下心で近づいてこないだろうと思ったのです」

「……」

「私たち、寄り添えると思いませんか？」

納得しかけている自分がいる。

しかし今の話を受け入れた上で、またさらに引っ掛かる部分ができてしまった。

「けどそれで俺が東条《とうじょう》さんとけ、結婚？　しようものなら、俺もお金目当てってことになりませんか？」

「私から提案しているのですから、別にいいのです！」

「えぇ……？」

「そもそも私が稲森《いなもり》君のことをお金で釣ろうとしているのですから、むしろお相子《あいこ》ですよ」

そういうものなのだろうか？

いくら説明されてもトンデモ理論にしか思えないけれど、彼女の中では理屈が通っているらしい。

「私は大学を卒業すると同時にお父様から東条《とうじょう》グループを引き継ぐことになっていまして。高校大学の在学中に関しましては、すでに簡単なビジネスを勉強がてら任せていただいています。この家もお父様に買っていただいた物ではなく、私が出した利益だけで購入した物なんです」

「え？」

「……まあ、お父様を保証人にしたローンでの購入、ですけどね。ただ私が言いたいのは、私は稲森《いなもり》君に一切の不自由をさせない自信があるということです！　――――しかし！　何においても人生は甘くありません！　もちろんあなたにもやってもらいたいことがあります！」

「い、一体何を……？」

彼女は一際《ひときわ》厳しい顔つきを浮かべて、俺を睨《にら》む。

「お仕事を頑張って帰ってきた私を、とびっきり甘やかすことですっ！」

「……ん？」

「帰ってきた私の頭を撫《な》でて、一緒にお風呂《ふろ》に入り、一緒にご飯を食べて、一緒のベッドで私を抱きしめて眠る！　これを毎日欠かさずお願いします！」

「あの、雑用とかそういうのは……」

「掃除はお手伝いさんに任せますし、ご飯は絶対に私が作ります。料理は私の欠かせない趣味ですし、手伝ってもらうことはあれど誰にもその仕事を譲る気はありません！」

勢いがすごい。

「強いて一番難しいことを伝えるのであれば……」

「伝えるのであれば……？」

「……あなたには優しいままでいてほしい、です」

東条《とうじよう》さんの目は、まるで眩《まぶ》しい物を見る時のように細められていた。

きっと俺が彼女を見る時も、同じような目になっていることだろう。

何だろうか。

あの東条冬季《とうじようふゆき》が、この俺に憧れの感情を抱いていてくれていた。

今まさに目の前で起きている事実であるはずなのに、やけに現実感がない。

「私はあなたの優しさが欲しいのです。私の命の灯《ひ》が消えるまで側にいてほしい。そして私と同じお墓に入ってほしいですし、可能なら来世もあなたと共に生きたいと思っています」

「それは保証しかねますけども……」

「現実がどうのこうのではなく！　そのくらいあなたへの想《おも》いが強いということなんですっ」

あまりに熱がこもっているからか、現実感がないはずなのにさっきから嘘《うそ》を言っているようにも聞こえない。

しかし――俺と東条《とうじょう》さんは本当に今まで関わり合いになったことがないし、向こうがどれだけ俺を調べたと言っても、俺から見た東条《とうじょう》さんはまだ分からない部分が多すぎるのだ。

「……整理させてほしいんですけど。東条《とうじょう》さんは俺のことが好きで、婚姻関係を結ぶ代わりに俺の今後の生活を支えてくれる……と言うことで合ってますか？」

「はいっ、ぜひ私のヒモになっていただきたいと思っています」

言い方が悪い。

「もちろん稲森《いなもり》君は男性としてまだ結婚ができない歳《とし》ですし、すぐさま籍を入れるようなことはいたしません。高校を卒業したら籍を入れて、正式な夫婦になります。なのでそれまでは婚約という状態になりますね」

「そうなると……大学進学はどうなりますか？」

「稲森《いなもり》君が行きたいと望むのであればお金は出しますし、行きたくないのであれば家でゴロゴロしていてください。もちろんあなたがどーしても働きたいと言うのであれば、渋々ですがそれもサポートします」

東条《とうじょう》さんはとことん俺に自分のそばを離れて欲しくないらしい。

俺が働くことで自分との時間が少なくなるのなら、家にずっといてもらう方がいいという考えなんだ。

やはりどこまでも話がうますぎる。

働かずに、東条冬季《とうじょうふゆき》という目の保養でしかない美少女の代表と呼べる人間を愛《め》でるだけの人生。

男としては情けないかもしれないけれど、そんな生活に魅力を感じないわけがない。

だけど。

「むぅ……強情ですね。もっとすんなり受け入れていただけると思っていました。そんなに私って魅力ないですか？」

「魅力がないわけじゃないんですけど……懸念《けねん》していることが大きすぎて」

「その懸念《けねん》とは？」

「いや……まだ恋愛感情もないまま話を結婚まで進めていいものなのかと」

俺は至極当然のことを言ったつもりだったのに、何故《なぜ》か東条《とうじょう》さんは目を丸くしてぽかんとしていた。

無意識のうちに何か変なことを言ってしまったのかと焦《あせ》っていると、彼女は口元を押さえて笑い始める。

「本当に稲森《いなもり》君は可愛《かわい》らしい方ですね。あなたはもっと欲望に忠実になってもいいはずなのに」

「な、何の話ですか？」

「少し、失礼しますね？」

東条《とうじょう》さんは突然立ち上がると、そのまま俺の体を抱きしめた。

二つの大きな膨らみが俺の顔を包み込み、極限までの柔らかさと温《ぬく》もりを与えてくる。

途端に頭が真っ白に染まった。

混乱に混乱が重なり、そこに未知なる女体の情報が叩《たた》き込まれたことで、脳みそがショートしてしまったのかもしれない。

「どっ、どうです、かっ？」

「ア……ヤワラカイデス」

彼女の胸の柔らかさは、俺に対する自白剤のようなものだったようで。

思わず本音を漏らした時には、もう遅い。

恥ずかしさや申し訳なさで頬が熱くなり、慌てて彼女を引き剝がした。

「これでも……駄目ですか？」

「っ……」

東条《とうじょう》さんは俺以上に頬を赤く染め、下手すれば頭から湯気が立ち上っているような錯覚すら覚えるようだった。

これだけの羞恥心を抱えながらも、東条《とうじょう》さんは俺を引き込むためだけに全力でアピールしている。

一体何が正しいのだろうか？

男として、稲森春幸《いなもりはるゆき》として、どうすることが正解なのだろう。

「……時間をくれませんか？」

「え？」

「友達からとか、別の形でもいいので、俺が東条《とうじょう》さんを好きになるための時間が欲しい……です」

俺のためにここまで体を張った彼女の覚悟のようなものを、俺は汲《く》まなければならない気がする。

この場で結論を出すことは、できないけれど。

「――なるほど、稲森《いなもり》君の気持ちは分かりました。では、一カ月のお試し期間から始めるというのはどうでしょう？」

「お試し、ですか」

「はい。一か月の間、先ほど私が提示した生活を一部制限をかけて体験してもらいます。その上でこの先も続けたいと思ってくださった時は、晴れて婚約していただく……という形で」

東条《とうじょう》さんの提案を聞いて、俺は一旦胸を撫《な》で下《お》ろす。

一か月間。それだけの時間があれば、きっと俺の醜い部分も見えてくるはずだ。

幻滅されるなら、俺の中の希望が膨らむ前がいい。

ここまで頭を捻《ひね》ってもらった上で、これをさらに断るというのはさすがに酷のように思える。

落としどころにするのなら、きっとこの辺りだ。

「じゃあ……それでお願いします」

「はいっ！　こちらこそ！」

そうして、東条《とうじょう》さんは今日一番の笑顔を浮かべた。

「では改めまして……もうお風呂《ふろ》が沸いているはずなので、お先にどうぞ。入浴剤も並べておいたので、お好きな物をお使いください」

「にゅ、入浴剤？」

「お使いになられたことありませんか？」

生憎《あいにく》家族と住んでいた頃もそういう物には興味なかったし、一人暮らしを始めてからはそんな物を買う余裕がなかった。

というか、浴槽に浸《つ》かるという行為自体していなかったはず。

「では説明した方がよさそうですね」

ついてきてほしいという東条《とうじょう》さんの後に続き、浴室の方へと向かう。

脱衣所にまで入った俺に対し、彼女は洗面台に置いてあった無数の小さな袋を見せてきた。

どれもこれもカラフルなパッケージになっていて、それぞれ名前らしき物が英語で書いてある。

パッと見た感じでは、花の名前が多いようだ。

「ローズやラベンダーなど、定番はとりあえず揃《そろ》えてますけども」

「えっと、俺本当にこういうのに疎《うと》くて……東条《とうじょう》さんがよく使うのはどれですか？」

「私と同じ香りが使いたい、そういうことですか？」

途端にテンションが上がる東条《とうじょう》さん。

その勢いに再び気圧《けお》されそうになるが、別にそう取られても構わない意味ではあったため、目を泳がせながらも頷《うなず》く。

本当は誰かが使っている物である方が失敗しなさそうだって思ったからだけど。

「ではこの柚子《ゆず》をお使いください。私の一番好きな香りです」

「あ、ありがとうございます。お言葉に甘えますね」

柚子《ゆず》の香りの入浴剤を受け取り、俺は浴室へ入るために服に手をかけた。

――が、しかし。

「あの……脱衣所から出て行ってはもらえないんでしょうか？」

「へ？　もしや、見られたくない……？」

「当たり前でしょ!?　恥ずかしいですよ！」

「気になさらずとも大丈夫です！　私たちはいずれ夫婦になるやもしれないのですから！」

「まだ夫婦じゃないんだから気にしますって！」

強めな拒絶を俺が吐いたことで、東条《とうじょう》さんはようやく思いとどまってくれたようだ。

頬をめちゃくちゃ膨らませてかなり不満げではあるけれど、観念したように脱衣所から出て行く。

「ふぅ……」

一人になってからようやく俺は服を脱いだ。

かなり汗をかいてしまっていたようで、作業着の下に着ていたシャツがほんのり汗臭い。

去り際、彼女はこれらもすべて洗濯機に入れておいてくれと俺に告げたが、正直気が引ける。

とは言え、他にどうすることもできないのだが。

「……やむを得ん」

俺は申し訳なさを重々抱えつつ、ドラム式洗濯機の中に作業着とシャツを入れた。

この服に関しては後日返却しなければならないため、汚いままにはしておけない。

浴室の扉を開き、中へ足を踏み入れる。

「広い……」

思わず独り言が漏れる。

俺の知っているものと比べると、この家の風呂《ふろ》は二倍近く大きい。

浴槽なんて大の大人が二人で入れそうなほどに広く、壁には何故《なぜ》かモニターが設置されていた。

気になって備え付けのボタンを押してみると、電源がついたようで先ほどまで俺が見ていたテレビ番組が流れ出す。

（こんなところにもテレビがあるのか……）

妙な感動を覚えつつ、俺は風呂《ふろ》の椅子に腰かけて、とりあえずシャワーを出した。

初めは低かったシャワーの温度は徐々に温かくなり、すぐに適温となる。

「あ、そうだ」

風呂《ふろ》の広さに驚いたせいで忘れかけていたが、入浴剤を入れなければならなかった。

少し濡《ぬ》れてしまった手で封を破き、中の粉末を浴槽に入れる。

すると柚子《ゆず》の甘酸《ず》っぱい香りと共に、お湯が黄色く染まっていった。

浴槽の方はこれでいい。

俺は再び椅子に戻り、まずシャンプーで頭を洗った。

やはり汗をかいた後のシャワーは身も心もリフレッシュできて心地がいい。

泡を流しきって、いざ体を洗うべく置かれていた洗体用のタオルに手を伸ばしたその時、何《な》故《ぜ》か浴室の扉がゆっくりと開かれ、そこからシミ一つない生足がぬるりと現れた。

ここで思わず顔を上げてしまったのが、最大の敗因。

体にタオルを巻いただけの東条《とうじょう》さんと目が合ってしまい、頭が真っ白になる。

「稲森《いなもり》君、背中を流させてくれませんか？」

ほんのり頬を赤く染め、彼女はゆっくりと浴室へと入ってくる。

体にタオルを巻いただけと言ったが、よく見れば自分の手で押さえているだけで、固定すらされていなかった。

胸の辺りでタオルを押さえているせいか、東条《とうじょう》さんの決して無視することのできない大きな胸がこぼれそうになっている。

下側に関してもかなり太ももの付け根に近い際《きわ》どい感じになっていて、目のやり場に困り散らかしてしまった。

「なっ――――何してんだあんたはァ！」

「大丈夫です！　恐れることは何もありません！　痛いことなんて一切しませんからっ！」

「そういう問題じゃねぇ！」

「暴れないでください！　タオルが落ちちゃいますから……」

「あ、ごめっ」

東条《とうじょう》さんのこの発言が罠《わな》だった。

俺が一瞬我に返って大人しくなった瞬間を見計らい、彼女は俺の後ろに回り込む。

そして反射的に立ち上がろうとした俺を、肩を押さえて封じ込める。

こんな滑りやすくなった床でこれほどの動きができるなんて、桁違いの運動神経だ。

「ほら、お風呂《ふろ》の床は滑りやすいですから、暴れちゃ駄目ですよ？」

「で、でも……」

「でもじゃないですっ。心配せずとも一線は越えないようにしますから、安心して楽にしてください」

そういう問題ではないし、この時点ですでに一線を跨《また》いでいると思う。

何とかやめてもらおうと言葉を吐く前に、東条《とうじょう》さんは洗体用のタオルにボディーソープを垂らしてしまった。

慣れた手つきでそれを泡立てた彼女は、そのタオルで俺の背中を擦り始める。

「強かったら言ってくださいね」

「ちょうどいい、ですけど……」

しばらく、浴室にはタオルと肌が擦れる音だけが響いていた。

何か会話しようと思っても、学校のアイドルに背中を洗われているというこの状況の異常さに言葉が出なくなってしまい、結局口を開けない。

そして突然――――ふにょん、という柔らかい感触が、背中に伝わってきた。

「え、はっ？」

「どうでしょう？　私、大きさと柔らかさには自信があるんですよ」

彼女の言葉で、俺の背中に当たっている物の正体が分かった。

タオル越しではあるものの、この柔らかさに匹敵する物は世の中にほとんど存在しないだろう。

これは、男の夢だ。

男の欲望が詰まった夢であり、そして、そんな男を狂わせる二つの山。

さっき手で触れてしまった時よりも、その感触は極めて鮮明だった。

（これがおっ……いや、胸の柔らかさ？）

この世の真理に到達してしまった俺の頭の中に、宇宙が広がっていく。

正確には、宇宙を想像して現実逃避をしているだけではあるが。

「私と結婚してくだされば、私のことをいつでも好きにできるんですよ？」

「いっ……かげつは、お試し期間だって話じゃ」

「はい、その通りです。だから私は、この一か月であなたを虜《とりこ》にしなければならないんです。

そのためなら、使える物はなんでも使います」

東条《とうじょう》さんの声色があまりにも真剣だったせいで、目先のことしか考えていなかった俺の背中に寒気が走った。

——彼女は本気だ。

俺なんかが思っているよりも一層覚悟を決めてここにいるし、多少拒否した程度では引き下がらない。

どう考えても不健全なはずの東条《とうじょう》さんの行動が、途端に誠実なものに見えてきた。

いや、さすがに誠実に見えるというのは言い過ぎたかもしれない。

普通に不健全だと思う。

「お試し期間が終わった後……あなたに断られてしまってから〝ああすればよかった〟って悔やんでも遅いんです。後悔だけは、したくないんです」

「っ！」

背中に当たっていた柔らかさの圧力が、さらに強まる。

鼓動がうるさい。

このままではのぼせてしまいそうだ。

「ふふっ、すごく熱くなってきてますよ？　お湯は出てないですし、気のせいでしょうか？」

「こ……これ以上はっ」

「……そうですね。この先はお試しの範囲外になってしまいます」

背中の感触が遠ざかっていく。

ホッとすると同時に名残惜しく思っている自分がいることに気づき、俺はそんな自分を殴りたくなった。

「今度こそ私は外で待ちますので、ゆっくりお湯に浸《つ》かってから出てください。あ、最後に少しシャワーを借りますね？」

弱めのシャワーを出し始めた東条《とうじょう》さんは、自分の前面についた泡を軽く流してから浴室を出た。

一人残された俺は、頭を抱えて悶《もだ》える。

どうしよう……やっぱり断るメリットってないんじゃなかろうか？


「――――う〜〜〜〜！　淫乱だって思われたでしょうか……？　でもネットではこうすれば男性はイチコロだと書いてありましたし……うー！　恥ずかしいけど、頑張るのです！　私！」

浴室の外。

俺の見えない所で東条《とうじょう》さんが同じように頭を抱えていただなんて、この時はまだ知る由《よし》もなかった。

◇◆◇

俺が風呂《ふろ》を上がってしばらく。代わって入浴を済ませた東条《とうじょう》さんは、「いい物がある」と言ってキッチンの方へ向かった。

ちなみに着替えがない俺は、いつの間にか東条《とうじょう》さんが用意してくれていたスウェットを借りて着ている。

こうも至れり尽くせりだと、さすがに申し訳ないというか、なんというか。

「ハーゲン○ッツを用意しておいたんです。何味が好きですか？　一応一通り揃《そろ》えておいたんですけど」

「あ、ならバニラで」

「ふふっ、奇遇ですね。私もバニラが一番好きなんですよ」

東条《とうじょう》さんはハーゲン○ッツのバニラを冷凍庫から二つ取り出し、俺と自分の前に置く。

「何か、ありがとうございます。ここ数年は買うことも叶《かな》わなかったので」

「私と結婚すれば毎日だって食べられますよ？」

「……それはちょっと魅力的ですね」

「あれ？　もしかして私の体ってアイスに負けてます？」

啞然《あぜん》とした表情が浮かんだ東条《とうじょう》さんの顔が、普段学校で見せている澄ました顔とは印象が全然違って。

学校のアイドルの知らない一面を見ることができたというだけで、何だか面白くなってしまった。

「あ、初めてちゃんと笑ってくれましたね」

「え……そうでしたか？」

「苦笑いや愛想《あいそ》笑《わら》いはありましたけど、今の笑顔はとても自然な感じで、とても素敵でした」

無意識の部分を突かれたみたいで、改めて指摘されると妙に恥ずかしい。

また顔が熱くなる感覚を覚えながら、俺はアイスを手に取った。

「稲森《いなもり》君は、こういうカップのアイスってどうやって食べますか？　私は周りが少し溶け始めた頃に、その溶けた部分から削るように食べていくのが好きなんですけど」

「俺は――」

特段、考えたことのなかった問答だった。

アイスは溶けない内に食べるべきだと勝手に思っていたし、あえて溶け始めた頃に食べるという意見をそもそも知らない。

「俺はこのまま食べてたかな。溶け始めで食べると美味《おい》しくなるんですか？」

「味自体が変化するわけではないですけど、くちどけが滑らかになってよりミルキーな感じになる気がするんですよね。せっかくですし、試してみませんか？」

そこまで言われると、気にならざるを得ない。

東条《とうじょう》さんはカップを手に取り、手のひらで包むようにして温め始める。

「こうして温めつつ、カップを指で押した時に少しぶにってし始めたら、それが私にとっての食べ頃です」

「なるほど……」

同じようにカップを握り、手のひらの熱を伝えていく。

すると数分しないうちに表面が柔らかくなり、彼女の言う食べ頃になった。

「ここまで溶けたら、周囲を削るようにしながら食べてみてください。普通に食べる時とはちょっとだけ違いますよ」

言われた通りに少し溶け始めている部分を淵《ふち》に沿って削り、スプーンを口に運ぶ。

確かに味自体に大きな変化はない。

ただ、口に入れた時の滑らかさがまったく違うように感じられた。

たかがアイス。されどアイス。

不思議なことに、この優しい甘みと滑らかなくちどけが俺を幸せな気分にしてくれる。

「ま、待ってください！　そのまま！　そのままでっ！」

「へ？」

二口目を口に入れた瞬間待てと言われた俺は、スプーンを咥《くわ》えたままの姿勢で動きを止めることになった。

東条《とうじょう》さんは素早くスマホを取り出すと、カメラのアプリを起動して俺に向けてシャッターを切る。

「ど……どうしたんですか？」

「ハッ？　ご、ごめんなさい……あまりにも稲森《いなもり》君が幸せそうな顔をしていたので、つい写真に保存しておきたくなってしまって……！」

何だろう。照れ臭すぎてちょっと食べる気が失《う》せた。

「うー！　これはレアです！　同じ空間にいないと撮れない限定写真です！　待ち受けにしてもいいですか？」

「ほ……他の人に見られると恥ずかしいので、できれば待ち受けにはしないでいただけると……」

「大丈夫です！　このスマホは家族と稲森《いなもり》君用なので、他の人に見られる心配はありませんから」

そう言いながら、彼女は棚の上で充電されている二つのスマホを指差した。

「あそこにあるのが学校用のスマホで、その隣が仕事用のスマホです。学校に持っていったり友人と遊ぶときは学校用のを持っていって、会社に向かう時は仕事用のを持っていくようにしてるんですよ」

「わざわざ分ける意味ってあるんですか……？」

「公私混同はあまり好きではないんですよね。仕事している時は学校のことを忘れたいですし、学校にいる時は仕事のことを忘れたいんです。あ、もちろん稲森《いなもり》君の連絡先はすべてのスマホに入れておきますので、ご心配なく！」

そういう部分を心配したつもりは一切ないのだけれど――。

結局のところ、そうすることによって仕事のパフォーマンスを上げて、スマホ三台分の利益を回収しているのだろう。

勿体《もったい》ないと思うことなかれ。彼女にはそれが必要なのだ。

「……っと、そろそろ歯を磨いて寝ましょうか」

「先に聞いておきたいんですけど、まさか同じベッドで寝るなんてことはないですよね？」

「ふふっ、生憎《あいにく》ベッドは一つしかないので、一緒に寝ることになりますね」

何を彼女はあっけらかんと言っているのだろう。

全員が全員だとは思わないけれど、健全な男子高校生が女子と同じベッドで寝るようなことがあれば、それはもうそういう、、、ことだと思ってしまうのだけど。

「もちろん、私の方からは手を出さないのでご安心を。そこから先はお試しでは済みませんので」

「いや……だからその心配は逆だと思うんですけど」

「稲森《いなもり》君から手を出されることに関しては、全然オーケーです。あなたが責任感の強い男性ということは調査済みですから」

――なるほど。

確かに、何かの間違いがあった場合、俺はそれの責任を取らざるを得ない。結婚してほしいと言われれば、すんなりと受け入れてしまうくらいには。

うん、そうなると俺たちの間に間違いが起こるなんてあり得ない。

(だから安心して寝られる……わけがないよなぁ)

現時点ですでにドキドキしているのに、隣に並んで寝たら絶対に眠れない。

「俺、ソファーで寝てもいいですか？」

「ダメですっ」

「そ、そうですか……」

家主がダメと言っているのに、無理やり強行するのもいかがなものかと思ってしまう。

ここは腹を括《くく》るしかなさそうだ。

「あ、それと……ずっと稲森《いなもり》君は敬語で話してくれていますけど、同級生なんですし、普通に話していただいていいんですよ？　むしろ距離を感じて寂しいです」

いたらしい。

そう指摘されて、今更ながら自分が敬語で喋《しゃべ》り続けていたことに気づいた。

東条《とうじょう》さんは凄《すご》い人という考えが刷り込まれ過ぎていて、無意識のうちに下手に出てしまって
はっきり言って、恐れ多かったのだ。

「……でも、東条《とうじょう》さんも敬語で喋《しゃべ》ってますよね？」

「私はこれが素ですし、誰を相手にしてもこの口調で喋《しゃべ》っているのでいいのです。むしろアイデンティティーですね」

こう言われてしまうと、俺の方はもう言い返せない。

よく考えてみれば、別に抵抗する意味もないわけで――。

「じゃあ、普通に喋《しゃべ》るぞ？」

「はいっ！　それでお願いします！」

クラスメイトなのに敬語というのは、よそよそし過ぎたかもしれない。

女性とは適切な距離感を保つべきと思っていたのは俺の勝手だし、多少なりとも強引に矯正してもらえたのは、むしろありがたかった。

「では改めて歯を磨きに行きましょうか」

手を取って俺を立ち上がらせた東条《とうじょう》さんは、そのまま洗面所まで案内してくれた。

「予備の歯ブラシしかないんですけど、大丈夫ですか？」

そう言って彼女は新品の歯ブラシを何本か見せてきた。

幸い俺が家で使っていた物と同じシリーズのブラシがあったため、それを選ばせてもらう。

「稲森《いなもり》君は柔らかいブラシが好みなんですね。私はちょっと硬いのが好きなんですけど」

何だか艶っぽい言い方に聞こえてしまって、心臓がドキリと跳ねる。

駄目だな。こうやっていちいち反応してたら、本当に心臓が持たない。

二人して鏡の前で歯を磨き、口をゆすいでからリビングへと戻る。

「あ、先に寝室の案内をするべきでしたね。こちらへどうぞ？」

東条《とうじょう》さんは、リビングの隣にあった扉を開く。

そこはダブルベッドが置かれた部屋だった。

大きな本棚が壁際《かべぎわ》に並んでいるのも見えるが、置いてある本が外国語で書かれたものばかりでどんな内容であるかは分からない。

「このダブルベッドも、あなたと寝室を共にするために用意した――――と、言いたいところだったのですが、元々私はベッドにはこだわる方でして。極力短い睡眠時間でも体力が回復できるように、マットレスの質と広さに関しては私好みにオーダーメイドしてもらった物なんです」

「え、でも広さにもこだわったなら、俺が一緒に寝ない方がいいんじゃ……」

「そこはご心配なく。確かに初めは広ければ広いだけいいと思っていましたが、寝てみると意外と寂しさを感じるものでして。むしろ稲森君《いなもりくん》が隣に並んでくれることで完成すると言っても過言ではありません」

完成するというのは多分過言だと思うけれど。

ただ気を遣《つか》われている雰囲気もないし、俺が迷惑でないというのは本当のことらしい。

「……いや、でもやっぱり一緒に寝るのは不味《まず》いと思うんだけど」

「え……？」

俺が最後に告げた抵抗の言葉は、思いがけないショックがあったようで。

東条《とうじょう》さんの表情からはこれまでの余裕が消えていた。

「そんな……そこまで拒むほど私とは一緒に寝たくないということですか……？」

「そ、そういうわけじゃないけど」

「ううっ……」

「東条《とうじょう》、さん……？」

「だ、大丈夫です。ごめんなさい、不快な思いをさせてしまって……」

東条《とうじょう》さんは顔を覆うと、めそめそと泣き始めてしまう。

どうやら本当にショックだったらしい。

途端に胸が罪悪感で押し潰されそうになる。

よく考えれば、東条《とうじょう》さん側から提案しているのだから、何の問題もないのではなかろうか？

俺の方から無理矢理布団《ふとん》に潜り込むわけでもないし、むしろ断り続けることも失礼なのかもしれない。

自分でも少し何を言っているのか分からなくなってきたが、何はともあれこのまま東条《とうじょう》さんを悲しませ続けるわけにはいかないのだ。

「わ……分かった！　別に東条《とうじょう》さんと一緒に寝ることが嫌なわけじゃない！　だから同じベッドでも――――」

「よかった、ありがとうございますっ。じゃあ一緒に寝ましょうか」

……あれ？

東条《とうじょう》さんはパッと晴れやかな顔を浮かべると、そのまま俺の手を引いてベッドの方へと誘導する。

もしかしなくても俺、騙《だま》されたのか？

「あれ、同じベッドでもいいって言ってくれましたよね？」

「ああ……うん」

俺はもう頷《うなず》くことしかできなかった。

促されるがままに寝室に入り、ベッドに近づく。

まくらは二つ。

片方のまくらの中心が凹《へこ》んでいるところを見るに、こっちが普段から彼女が使っている方なのだろう。

となると、もう片方は新品か。

跳ねる心臓をなんとか押さえつけながら、東条《とうじょう》さんと一緒にベッドに入る。

何はともあれ――近い。

「ふふっ、稲森《いなもり》君の温《ぬく》もりを感じます」

「ほ、ほんとに……緊張しすぎて寝られないかも……」

「うーん……そこまで意識していただけるのは嬉《うれ》しいですけど、明日に疲れが残ってしまうのはまずいですね」

やはりソファーで寝させてもらおうと提案しようとした、その瞬間。

突然東条《とうじょう》さんが俺の頭の後ろに手を回し、想像以上の力で胸元へと引き込む。

柔らかく巨大な二つの塊に頭が埋もれ、俺の頭は本日何度目か分からないフリーズを起こした。

「……実は、私もドキドキしてるんです」

「え？」

東条《とうじょう》さんの体から聞こえる、ドクドクという心臓の鼓動。

その音は確かに普段通りとは思えないほどに激しくて、彼女も相当緊張しているということが窺《うかが》えた。

「好きな人がこんなすぐ近くにいるんですよ？　ドキドキしないわけがないじゃないですか」

彼女が耳元で言葉をささやくせいで、背筋にゾクゾクとした快感が駆け抜ける。

だけど、不思議と俺の心臓は落ち着きつつあった。

心音は人の心を落ち着かせる効果があると聞いたことがあるが、自分の身で体験してしまうと信じざるを得ない。

「色々と……強引な手ばかり使ってしまってごめんなさい。でも……どうしても私の気持ちを知ってほしかったですし、それに――」

「……それに？」

「偉そうな物言いになってしまって恐縮なんですけど……今日まで頑張り続けた稲森《いなもり》君に、〝頑張ったね〟って言ってあげたくて……」

東条《とうじょう》さんの指が、俺の頭を撫《な》でる。

まるで繊細なガラス細工に触れるがごとく、彼女の手はどこまでも優しかった。

優しすぎて、不思議なことに俺の目からは涙が溢《あふ》れ始める。

誰かに褒められるために働いていたわけじゃない。

親戚にタンカを切ってしまったから、生きるために必要だったから。

両親が亡《な》くなってしまったこと以外、やっぱりすべて自分のせいでしかなくて。

いつの間にか弱音を吐くことすら忘れて、俺は親戚どころか周りにいる人間を頼るべきではないと、勝手に自身に縛りを課していたのかもしれない。

だから——その〝頑張ったね〟の一言が、俺の凝り固まった涙腺を解《ほぐ》してしまった。

「私からすれば、稲森《いなもり》君は生きているだけで十分えらいのです……って、これはさすがにあなたの扱い方を間違えているでしょうか？」

「……いや」

恥ずかしさはどこへやら。

俺は東条《とうじょう》さんの体に縋《すが》りつき、甘えるように顔を埋めてしまった。

甘い香りが鼻腔《びこう》をくすぐり、相変わらずの心音が、徐々に眠気を誘い始める。

「そう言ってもらえて、すごく嬉《うれ》しい」

「……なら、よかったです」

体がかなり疲れていたせいか、抗《あらが》えない眠気の波が襲ってきた。

そうして間もなく、俺は眠りに落ちる。

（可愛《かわい》い）

安らかな顔を浮かべて眠りに落ちた稲森《いなもり》君。

私の胸の中で眠ってくれるのは、本当に嬉《うれ》しい。

でもこれだけ彼が近くにいると、私の方はいつも通りには寝られそうになかった。

（ところどころ髪の毛が跳ねてて可愛《かわい》い。男の子にしては睫毛《まつげ》が長くて可愛《かわい》い。寝顔は子供みたいで可愛《かわい》いのに、体は見た目以上にがっしりしていてかっこいいし、手は少しカサついてて、ゴツゴツしててかっこいい……！）

ああ、もう鼻血が出そうです。

この人の嫌いなところが一つも見つからない。

でも好きなところなら百個でも千個でも言えてしまいそうな気がする。

こんなにも赤の他人を好きになったことがないせいで、正直私自身もどうしていいか分かっていない。

どうしよう。今ならキスしてもバレなかったりするでしょうか？

――そんな邪《よこしま》なことを考えていると。

「んぅ……」

「っ！」

突然、稲森《いなもり》君が私を抱き寄せていた腕に力を込める。

私たちの密着度がさらに増して、彼の体温が一層伝わってきた。

（お父様、お母様、申し訳ありません。私は今日死んでしまうかもしれません）

もう本当に幸せ。幸せしかない。

これでまだお試し期間だというのだから驚きです。

もしもこのまま正式な夫婦になれたら、幸せ過ぎて頭がおかしくなっても致し方ないでしょう。

「う……ん……」

私の方からも抱き寄せる力を少し強めると、稲森《いなもり》君はちょっぴり苦しそうな声を漏らした。

これはよくない。

今でも十分密着させてもらっているし、これ以上は控えておくことにしましょうか。

（この人がいれば……私はもっと羽ばたける）

私の心が折れてしまったあの時、稲森《いなもり》君の頑張る姿が立ち直るきっかけをくれた。

その時、私は確信したんです。

稲森春幸《いなもりはるゆき》という男の子は、私にとって必要な存在だって。

「……おやすみなさい、稲森《いなもり》君」

彼が私の胸元に顔を埋めているのであれば、私は彼の髪に顔を埋めよう。

自分と同じシャンプーの香りが鼻腔《びこう》をくすぐり、それだけのことが何よりも嬉《うれ》しくて。

絶対にこの幸せを永遠のものにしたい――ただ、そう思った。

■02：手伝えること

目に刺さるような眩《まぶ》しさを感じ、俺は目を覚ます。

見慣れない部屋の天井。

そこで俺は、自分が東条《とうじょう》さんの家に泊まったことを思い出した。

「ん……」

体を起こし、大きく伸びをする。

恐ろしく体の調子がいい。

昨日までの疲れがすべて吹っ飛んでしまったかのような爽快感である。

「東条《とうじょう》さん……？」

周囲を見渡して声をかけるが、部屋の中に彼女の姿は見当たらなかった。

何となく拍子抜けしてしまった俺は、頭を掻《か》きながら枕元のスマホを手に取る。

ずいぶん前の安い機種を買ってしまったせいでかなりガタが来てしまっているが、最低限の連絡や時間を見る程度なら十分だ。

黒い画面に光が灯《とも》り、現在時刻が表示される。

現在時刻は、十時半。

平日の、十時半である。

「やばっ！」

実は今日は祝日で、土日じゃなくても学校が休み――なんて奇跡が起きるわけもなく。

今日は間違いなくただの平日であり、登校しなければならない日だ。

だとしたら東条《とうじょう》さんは？

もしや一人で学校へ行ってしまったのだろうか？

それなら起こしてくれてもいいじゃないかとわずかながらに思ってしまうが、そんな自分を戒める。

起きなかったのは俺の責任だ。

彼女に俺を起こす義務なんてない。

というかそもそも、もっとも可能性が高いのは俺が声をかけられても起きなかったという説だ。

東条《とうじょう》さんが何も言わず出て行ったとは思えないし――。

(とりあえず、急いで準備しないと……)

ベッドから立ち上がり、まずはリビングへ。

リビングにも東条《とうじょう》さんの姿はなく、学校の友人用と言っていたスマホがなくなっているところを見るに、やはりすでに登校してしまっているようだ。

ふと、昨日うどんを食べたテーブルの上に視線を送る。

そこには誰もいない代わりに、手紙が一枚置かれていた。

どうやら置手紙というやつらしい。

『稲森《いなもり》君へ――――おはようございます。何度も声をかけたのですがまったく起きる気配がなかったので、疲れているのだろうと思いそのままにしておくことにしました。学校には体調不良と伝えておきますので、今日のところはゆっくりとこれまでの疲れを癒《いや》すというのはいかがでしょうか？　私の秘書役を家に置いておきますので、制服などを取りに行かれてもいいかもしれませんね。それと、机の上にお弁当を置いておきました。お昼時に食べていただけると嬉《うれ》しいです。では、行ってきます。――――東条《とうじょう》冬季《ふゆき》より』

ずいぶんと達筆な置手紙だった。

書かれた文字すらもとてつもなく上品に感じられる。

テーブルの上に視線を戻せば、手紙にあった通り白色のお弁当箱が重なっていた。

これが手紙にあったお昼時に食べてほしい弁当のようだ。

「ゆっくり疲れを癒《いや》す……か」

思い返せば、学校の休日はあっても実際に休めた日なんてほとんどなかったように思う。

自分は大丈夫だって勝手に思っていたし、実際昨日までは問題なかった。

しかし今考えると、あのままの生活を続けたせいで呆気《あっけ》なく壊れてしまう自分の体も容易に想像できる。

学校を休むというのは極力避けたい――――避けたいが。

「今から登校しても、学校側としてはすでに欠席で処理していると思われますが」

「うわっ⁉」

突然聞こえてきた自分以外の声に、驚きのあまり思わず声が飛び出す。

振り返れば、そこにはスーツの女性が立っていた。

背が高くスラっとした立ち姿はとても美しく、黒いスーツがよく似合っている。

顔立ちもずいぶんと整っており、後ろで一つにまとめた黒髪は、艶《つや》やかで手入れが行き渡っていることを証明していた。

「お初にお目にかかります。東条冬季《とうじょうふゆき》様の秘書を務めさせていただいております、日野朝陽《ひのあさひ》と申します」

「は……初めまして」

自分に対して頭を下げられたことで、俺も反射的に頭を下げてしまう。

この人が東条《とうじょう》さんの秘書。

彼女の側にいる人間だからか、この人からも只者《ただもの》ではないというオーラを感じる――――気がする。

「本日、冬季《ふゆき》様の指示により稲森《いなもり》様のお世話をさせていただくことになりました。ご希望がありましたら、何なりとお申し付けください」

「あ、ありがとうございます」

ご希望、か。

置手紙にもあった通り、自分の荷物を取りに行くというのは絶対にやっておかなければならないことだろう。

明日は学校に行きたいし、少なくとも制服は必要だ。

「じゃあ、俺の家に荷物を取りに戻りたいんですけど」

「かしこまりました。マンションの前まで車を回しますので、しばらくお待ちください」

クールな表情を崩さないまま、日野《ひの》さんは部屋を出て行った。

日野朝陽《ひのあさひ》という暖かそうな名前からは、少しだけギャップを感じてしまう。

――なんて、こんなことを考えては日野《ひの》さんに失礼だな。


しばらくして、部屋のインターフォンが鳴らされた。

モニターには日野《ひの》さんが映っており、どうやらこれが車の準備ができた合図のようである。

部屋を出てエントランスに向かい、そのままマンションから外に出れば、ちょうど目の前に汚れ一つない黒い車が止まっていた。

車の名称に詳しくないが故具体的な名前は分からないが、存在感からして高級車である。

「真《ま》っ直《す》ぐ稲森《いなもり》様のアパートへと向かいますが、よろしいですか？」

「はい、お願いします」

「かしこまりました。では後部座席の方へお掛けください」

日野《ひの》さんがドアを開けてくれたため、そのまま中へと乗り込む。

いわゆるＶＩＰ待遇というものだろうか。生まれてこのかた慎《つつ》ましい生活を送り続けていた俺からすると、何とも不思議な気分である。


俺が乗り込んだのを確認し、日野《ひの》さんも運転席へと座った。

エンジンがかかり、ゆっくりと車が動き出す。

東条《とうじょう》さんのマンションから俺の家までの距離は、実はそう遠くない。

車で十五分ほどだろうか。歩きでは少し辛《つら》い程度の距離である。

「――――稲森《いなもり》様、車内で恐縮なのですが、一つお伝えしておきたいことがございます」

「え？　あ、はい。何でしょうか」

「現在稲森《いなもり》様がお住まいになられているアパートですが、本日付で冬季《ふゆき》様が買い取りいたしました」

「……は？」

「つきましては、今後稲森《いなもり》様が冬季《ふゆき》様の下を離れアパートへお戻りになられても、家賃は発生いたしません。半永久的にお使いになられてください」

「ちょ、ちょっと待ってくださいね？　話が上手《うま》く呑《の》み込めなくて」

「説明下手で大変申し訳ございません」

「いや、日野《ひの》さんが悪いわけじゃないです……」

これは感覚のズレだ。主に金銭感覚の。

「えっと、ちなみに聞きたいんですけど、どうしてわざわざ東条《とうじょう》さんが俺の住んでる場所を買ったんですか？」

「冬季《ふゆき》様の言葉を代弁させていただきます。『稲森《いなもり》君の心を私が奪えなかった時に、大変貴重な時間を一か月も無駄にさせてしまうことになるので、その分の対価は先払いしておかなければなりません』――とのことです」

いや、多分対価になってない。

俺の人生の一か月にアパート一つ分の価値なんてないはずだ。

せめて家賃ひと月分と言われて渡された方が、まだ納得できる。

あと日野《ひの》さんの東条《とうじょう》さんの真似《まね》が想像以上に上手《うま》くてびっくりした。まったく関係ないけど。

「値段の方は口止めされていますので伝えられませんが、冬季《ふゆき》様からすれば大した額ではございません。稲森《いなもり》様はお気になさらず。……というようなことも仰《おつしや》っておりました」

「そ、そうですか……」

やはりどう足掻《あが》いても住んでいる世界が違い過ぎる。

俺の理解の範疇《はんちゅう》を超えていて、正直混乱してきた。

「あの……少し聞いてもいいですか？」

「私で答えられる範囲であれば対応させていただきます」

「……俺なんかが、本当に東条《とうじょう》さんの側にいていいのかって思って」

俺の弱気な言葉に、日野《ひの》さんはしばらく黙り込んだ。

答えにくい質問をしてしまっただろうか？

しかししばらくして、彼女はちょうど車が信号で止まった際に口を開いた。

「冬季《ふゆき》様は、素晴らしい〝目〟をお持ちです」

「目？」

「相手がどんな人間であるか、何ができるか、嘘《うそ》はついていないか、将来はどんな人間か、そういったあらゆる要素を、冬季《ふゆき》様はその人物を見ただけで見抜くことができます」

そんな馬鹿なと、半分口から漏れかけた。

しかしよく考えてみれば、それくらいできてもおかしくないのかもしれない。

俺は東条《とうじょう》さんのことをほとんど知らないのだ。

たまに友達の口から彼女の噂《うわさ》くらいは聞いていたけど、どれも根も葉もないことばかりで聞き流していた。

海外の高級住宅街に東条冬季《とうじょうふゆき》専用の家があるだとか。

国会議員と面識があるだとか。

呼ぼうと思えば電話一本で世界的なアーティストを自宅に呼べるだとか。

そういった噂《うわさ》のすべてが、本当なんだとしたら――――。

「そんな冬季《ふゆき》様が、稲森《いなもり》様をもっとも一番近くにいるべき存在だと選んだのです。その目の力をよく知る我々が、それを疑う余地などどこにもございません」

「な……なるほど」

顔は確認できないものの、その声色から日野《ひの》さんの強い意志を感じた。

彼女は別に俺を信じているわけではない。

ただ単に、東条《とうじょう》さんに対して絶対の信頼を置いているだけだ。

そこにあるものは絶対の信頼関係であり、一晩二晩程度では築けないモノ。

少しだけ、二人の関係性が羨ましく思えた。

「……私の個人的な意見があるとすれば」

会話は終わったかと思いきや、日野《ひの》さんはそのまま言葉を続ける。

「冬季《ふゆき》様は、この先ご両親の会社を継ぐことになるでしょう。そうなれば必然的に忙しくなり、仕事漬けの日々になることが予想されます。そんな中でも稲森《いなもり》様がご自宅で待っていると思えば、それだけで冬季《ふゆき》様のメンタルケアに繋《つな》がります」

故に――――。

そこから言葉を続ける前に、無表情だった彼女がうっすらと口角を上げたのが見えた。

「稲森《いなもり》様は、冬季《ふゆき》様に必要な存在だと……私は思います」

そこからアパートに到着するまで、日野《ひの》さんから口を開くことはなかった。

◇◆◇

自分の家に戻り、制服や数少ない普段着を日野《ひの》さんが準備してくれたキャリーバッグに詰めた俺は、そのまま彼女の車で東条《とうじょう》さんの家まで戻った。

日野《ひの》さんは東条《とうじょう》さんが帰ってくるまでの間、リビングにて待機するらしい。

その際、3LDKのうちの一部屋に案内された俺は、驚愕《きょうがく》の事実を知ることになる。

「こちら、稲森《いなもり》様のために用意された部屋になります」

「……え？」

部屋の中にあったものは、大きなクローゼットと、簡易的な机と椅子。

およそ五畳ほどの広さの部屋にこの程度の物しか存在しない光景は、何とも言えない独房感を生み出していた。

「元々来客用の部屋だったのですが、冬季《ふゆき》様は滅多に他人を自宅に上げない方ですので、実質使われない部屋となっておりました。故にご自由にお使いになってください――――とのことです」

「至れり尽くせりですね……」

「家具等必要な物があればお気軽にお申し付けください。私の方で取り寄せておきますので」

では――――。

そう一言残し、日野《ひの》さんは部屋をあとにした。

残された俺は、たった今から自室となった部屋の中を見渡す。

埃《ほこり》一つない綺麗《きれい》な室内は、今まで俺が住んでいた1Kのアパートよりも広く感じられた。

「……とりあえず服を仕舞うか」

クローゼットを開き、中に設置されていた棚にTシャツや下着を仕舞う。

正直この部屋自体に不釣り合いというか、どれもボロボロ過ぎて申し訳なくなってしまった。

それが終わったタイミングで、丁度十三時くらい。

自分が空腹であることに気づいた俺は、リビングへと戻ることにした。

そう言えば、日野《ひの》さんは昼食を食べるのだろうか？

俺は東条《とうじょう》さんが作ってくれた弁当があるけれど、少なくともテーブルの上には彼女の分は置いてなかったはず。

そんなことを気にしながらリビングの扉を開けると、そこには何か本を読んでいる日野《ひの》さんの姿があった。

「あ……日野《ひの》さん」

「どうかされましたか？」

思わず声をかけてしまうと、彼女は本に栞《しおり》を挟んで顔を上げる。

「その、昼食はどうするのかと思いまして……」

「そういうことでしたら、冬季《ふゆき》様がお作りになられた弁当を食べればよいかと」

「あ、いえ……日野《ひの》さんの分はどうするのかって話でして」

日野《ひの》さんは俺が何を言っているのか分からないといった表情を浮かべ、しばらく沈黙した。

なんとも言えない気まずい時間が流れ出す。

やがて再起動した日野《ひの》さんは、咳払《せきばら》いを一つ挟んだ後に口を開いた。

「勤務中は水以外の物を口にしないようにしていますので、お気になさらず」

「え、それで大丈夫なんですか？」

「動けるように訓練を積みましたので」

この人もしかして、ただの秘書じゃないのか？

「伝え忘れていましたが、私の正式な役職は冬季《ふゆき》様の秘書兼ボディガードです。いざと言う時に普段と違うことをして体調に変化を生まないよう、食事は毎日決まった物を決まった時間に食べております」

「ボディガードって……じゃあ学校に行っている間とか、本当なら今だって東条《とうじょう》さんの側にいないといけないんじゃ――」

「本来ならそうするべきですが、冬季《ふゆき》様は校内にて自分が特別扱いされることを良しとしません。故に送り迎えの時間が来るまで、私は待機していることが多いのです」

東条《とうじょう》さんとの関係性はまだまだ浅い方だが、何となく〝らしい〟なと思ってしまう。

校内ですらボディガードをつけたまま歩いているようなことがあれば、それがいらない反感を買ってしまうということを理解しているのだ。

「もちろん私がいない時に万が一のことが起きたとしても、すぐさま問題を解決できるよう対策はしてあります。ご心配なく」

それっきり日野《ひの》さんは、手元の本の世界へと戻ってしまう。

俺はしばし彼女とテーブルの上の弁当を見比べた後、弁当の方を持って日野《ひの》さんの隣に座った。

「じゃあ、失礼しますね」

「はい、お気になさらず」

気にするなと言われてもそれなりに気になってしまうのが人の性《さが》だと思いつつ、わざわざ部屋に戻って食べるというのも何だか変だし、結局はリビングで食べることにした。

「おお……」

弁当箱を開けてみると、そこには綺麗《きれい》に揃《そろ》えられたおかずたちと、敷き詰められた白米があった。

おかずは野菜とメインのバランスがちょうどよく、白米もべちゃっとしていないし、硬くもない本当にちょうどいい炊き具合。

どこからどう見ても美味《おい》しそうだ。

手前のおかず――卵焼きに手を付ける。

「……うまっ」

一口目を咀嚼《そしゃく》した瞬間には、もうそんな声が漏れていた。

優しい卵の甘味が口に広がり、だしの風味が鼻に抜ける。

肉うどんの時もそうだったけど、すごく俺好みな味付けというか、もはやドンピシャというか。

卵焼きにもしょっぱい路線と甘い路線があると思うが、東条《とうじょう》さんのは甘い路線だ。

俺はこっちの方が好きなため、有無を言わさず大歓迎である。

まさか俺の好みまで調べ抜いているというわけではないはず……いや、ないと思いたいが、少なくとも味付けが合うというのは俺にとっては嬉《うれ》しいことである。

卵焼き以外にも、アスパラの肉巻きやしっかりと味のしみ込んだ筑前煮《ちくぜん》、どれもこれも絶品だった。

そして調理する必要のない野菜に関しても、まあミニトマトなどはともかくとして、ブロッコリーなどが食べやすいサイズになっているこの細かい優しさがありがたい。

「……美味《おい》しい、ですか？」

俺が夢中になって東条《とうじょう》さんからもらった弁当を食べていると、隣からそんな声が投げかけられた。

顔を上げると、真剣な目をした日野《ひの》さんと目が合う。

「あ……は、はい。美味《おい》しいです」

「そうですか……それはよかったです」

日野《ひの》さんは車の中で浮かべたものよりもさらに緩んだ笑みを浮かべ、再び視線を本へと戻す。

一瞬彼女も弁当が食べたいのかと思ってしまったが、きっとそうではなく、もしかすると東《とう》条《じょう》さんの作った料理が褒められたことが嬉《うれ》しかったのかもしれない。

仕事という以前に、日野《ひの》さんは東条《とうじょう》さんのことを大事に思っているのだろう。

「……すみません、日野《ひの》さん」

「何故《なぜ》謝るのですか？」

「俺、日野《ひの》さんのこと少し怖い人なんじゃないかと思ってて」

「怖い人、ですか」

「でも、誤解してたみたいです。日野《ひの》さんは、東条《とうじょう》さん想《おも》いの優しい人だったんですね」

一度でも見かけで人を判断してしまった自分が恥ずかしい。

今の謝罪は、そんな自分への戒めも込めたものだった。

「そ、その……あ、ありがとうございます……？」

彼女は何を言われているのか分からないといった様子で、動揺を露《あら》わにする。

唐突で意味不明だっただろうか？

だとしたらまた悪いことをしてしまった。

「あ……そろそろ冬季《ふゆき》様の迎えの時間なので」

本を閉じ、日野《ひの》さんはいそいそと部屋を出て行ってしまう。

スマホを確認してみれば、まだ授業中だと思われる時刻が表示されていた。

やはり何か日野《ひの》さんが気まずくなるようなことを言ってしまったらしい。

少なくとも一か月は東条《とうじょう》さんと一緒にいる予定なのに、そんな彼女と近しい人から変な印象を抱かれたら、かなり過ごしづらくなってしまう。

「……後でもう一度謝ろう」

一旦意識を切り替えた俺は、空になった弁当箱を持ってキッチンの流しへと向かうのだった。

◇◆◇

「ただいま戻りました！　稲森《いなもり》君！」

「お、おかえりなさい……」

日野さんが迎えに行ってから一、二時間ほどで、東条《とうじょう》さんは帰ってきた。

何となく玄関まで出迎えに行った俺の顔を見て、彼女はとびっきりの笑顔を浮かべる。

「帰宅すると稲森《いなもり》君が出迎えてくれる環境……幸せ過ぎますっ。こんなに幸福でいいのでしょうか！　私！」

「それは大袈裟《おおげさ》だと思うけど……」

「まったくもって大袈裟《おおげさ》なんかじゃないです！　むしろ言葉が足りないくらいなんですよ？」

彼女はえらく興奮した様子で、玄関を上がる。

リビングのソファーに持っていた学生鞄《かばん》を放り投げ、着ていたブレザーを脱いだ。

「あ、稲森《いなもり》君用に今日の授業の内容はすべてノートにまとめておきました。普段はあまりノートは取らないんですけど、今日だけは特別です」

「ありがとう……って、普段はノートを取ってないのか？」

「授業は基本的に一度聞いて全部覚えるようにしています。定期的にノートを提出しないといけない授業に関しては最低限書いてますけどね。手の方はいわゆる〝内職〟というものに対して使っています。お父様から任せていただいたプロジェクトのアイディア出しとか、色々学校でも済ませられるものが多くて」

それはきっと一般的な高校生の思う〝内職〟とはかけ離れている気がする。

そもそも手の動きと考えていることをバラバラにこなすという話自体が、俺には理解できない。

口に出すと傷つけてしまうかもしれないため言えないが、もしかすると脳の造りからすでに違う存在な可能性すらある。

「一応ボイスレコーダーにて座学関係の授業内容だけ録音してありますけど、聞きますか？」

「ぜ、ぜひ」

鞄《かばん》の中からボイスレコーダーらしき小型の機械を取り出した東条《とうじょう》さんは、それを俺に渡す。

何もかも至れり尽くせりで、きっとこの贅沢《ぜいたく》な感覚には一生慣れることはないだろうと思った。

「まあ、私と婚約さえしていただければ、もう勉強する必要もないんですが」

チラチラとアピールするような視線を向けてくる東条《とうじょう》さんを前にして、俺は思わず目を逸《そ》らした。

いや、うん。

まだそこまでの考え無しにはなれないということで。

「……あ」

ここで俺は、何よりも優先的に伝えなければならないことを思い出す。

「お弁当、ありがとう。すごく美味《おい》しかった」

「ほ、本当ですかっ？」

「えっ？ あ、ああ……本当に美味《おい》しかった」

東条《とうじょう》さんは、俺の目の前であの清楚《せいそ》な完璧美少女のイメージとはかけ離れた豪快なガッツポーズを掲げて見せた。

「よかったです……安心しました。これまであんまり人に食べてもらったことがなかったので、喜んでもらえて嬉《うれ》しいです」

「そうなのか？ 味見ならご両親や日野《ひの》さんにしてもらえるんじゃ……」

「お父様とお母様は私がゲテモノを出しても美味《おい》しい美味《おい》しいって食べてくれると思うので、参考にならないんですよ。朝陽《あさひ》は私の作った物でも食べてはくれませんから、今のところはないですね。本当は食べてもらいたいんですけど、まあ、プロ意識が高いことはいいことなので それを否定するわけでもないのですが…… いつか、完全なプライベートな時間ができたら、その時は食べてもらうつもりです」

日野《ひの》さんとは今日会ったばかりで、ほとんど何も知らないが、彼女が仕事の中身以上に東《とう》条《じょう》さんのことを大事に想《おも》っているというのは伝わってきた。

きっとあの人も食べたいとは思っているはず。

第三者から言うのは憚《はばか》られるが、いつか東条《とうじょう》さんの望みが叶《かな》ってほしいと思う。

「それにしても、あの鉄仮面と恐れられた朝陽《あさひ》を照れさせるとは、さすが稲森《いなもり》君です。やりますね」

「鉄仮面？」

「私以外の前では滅多に表情を崩さないんですよ、彼女は。でも私を迎えに来た時に様子がおかしかったので、気になって詳細を聞いてみたら……なんと稲森《いなもり》君に優しいと言われてどうしたらいいか分からなくなってしまったと言うではありませんか。あんなに照れた顔をした朝陽《あさひ》を見たのは久しぶりです」

鉄仮面か。言いえて妙《みょう》というか、なんというか。

ただそれは本当に上辺だけの話であり、彼女に感情がないとかそういう話ではない。

むしろ東条《とうじょう》さん想《おも》いの優しい人というのが、やはり俺が抱いた印象である。

「……さて。申し訳ないのですが、十九時くらいまでお時間をいただいてもよろしいでしょうか？　今からお仕事の時間でして」

東条《とうじょう》さんはチラリと自室の方に視線を送る。

「俺はまったく問題ないけど、東条《とうじょう》さんはこんなスケジュールで大丈夫なのか……？」

「何がです？」

「休みたいとか、思わないのかなって」

「うーん……思わない、ですね。やりたくてやっていることですし」

あっけらかんと言ってみせる東条《とうじょう》さんを前にして、俺は気圧《けお》されてしまった。

彼女の言葉に嘘《うそ》がなさすぎて、もはやそれが恐ろしくすらある。

「だって、私が働けば働くほど稲森《いなもり》君に苦労させないで済むかもしれないんですよ？　そんなの、やらないなんて選択肢が出てきますかね？　普通」

うん、普通は出てくると思う。

「もちろん働くこと自体が楽しいっていうのもあります。最近では他企業も含め優秀な人材をスカウトする仕事をお父様から任されたのですが、これがまた一癖二癖ある人が多くて、人間観察的にも結構楽しいんですよ」

「……すごいな。そんな仕事、よっぽど信頼されてないと任されないんじゃないか？」

「まあ、そうでしょうね。お父様とお母様は私の〝目〟を信頼してくれているそうで、よくこの目を使う仕事を任せてくれます」

そう言いながら、東条《とうじょう》さんは俺と目を合わせた。

彼女の月のような目の色は吸い込まれそうなほどに綺麗《きれい》で、視線が逸《そ》らせなくなる。

「ふふっ、稲森《いなもり》君も私がこの目で選んだ人だからこそ、お父様もお母様も何も言ってこないんですよ」

日野《ひの》さんの言っていた、人を見極める目というやつか。

ならば俺はそんな彼女の御眼鏡に適《かな》ったということだろうか？

――そう思えるだけの根拠なんて、一つもないけれど。

「ではそろそろ働いてきますね。今日はリモート会議なのでもしかしたら話し声が聞こえてしまうかもしれませんが……その時は申し訳ありません」

「いや、そんなの気にしないでくれ。むしろ俺の方が静かにしておくから」

「むっ、会議中に男性の声が入ってしまって『あ、すみません！　うちの人の声が入ってしまいました！』って謝ることに憧れてたんですが……」

そんなものに憧れないでほしい。

「夕食は二十時頃になると思います。今日は少し豪勢に作る予定なので、楽しみにしていてくださいね？」

「……分かった」

満足げに頷《うなず》いた東条《とうじょう》さんは、改めて自室へと入って行く。

俺はソファーに深く腰掛けると、ボーっと何もついていないテレビ画面を眺め始めた。

早くも東条《とうじょう》さんと暮らす上での弊害が俺を苦しめる。

（……暇だ）

テレビを見るという文化すらない俺には、この時間は少し辛《つら》い。

とりあえずリモコンを使ってテレビをつけてみるが、夕方のニュース番組ばかりが並ぶこの時間帯はあまりにも真面目過ぎる。

芸能人の不倫だとか、新しくできたテーマパークが大繁盛《だいはんじょう》だとか、動物園に新しくパンダが来ただとか。

画面越しにニュースキャスターが読んでいる台本に書かれていることは、どれもこれも他人《ひと》事《ごと》で。

俺の退屈を紛らわせてくれるものにはなり得ない。

(ていうか勉強……そうだ、せっかくノートをもらったんだから、写さないと)

何を退屈だなんだと言っているんだ。一番やらなければならないことが済んでいないではないか。

東条《とうじょう》さんは勉強する必要なんてないと言うが、その言葉に流されてはいけない。

この一か月で愛想《あいそ》をつかされる可能性だってあるのだから、彼女がいなくなっても生活していけるだけの最低限の保険はかけておくべきだ。

となると、バイトも辞めない方がいいだろう。

次の出勤は月曜日。

今日が金曜日だったから、土日を挟んで来週ということになる。

今更ながらだが、東条《とうじょう》さんは俺がバイトに行くと言ったらなんと反応するだろうか？

大学云々《うんぬん》の話で俺のやりたいことを優先してくれるとは言っていたけど、あまりいい顔はしない気がする。

まあ、これも後で相談すればいい話か――――。

◇◆◇

「んー！　今日も無事にお仕事終了です！」

ニュース番組たちがゴールデンタイムのバラエティ番組に変わり始めた頃、体を解《ほぐ》しながら東条《とうじょう》さんが自室から出てきた。

二時間以上はデスクワークをしていたはずなのに、その顔はまだどこか楽しそうで、疲れている様子はない。

自分で言っていた通り、仕事自体を楽しんでいるのだろう。

「お疲れ、東条《とうじょう》さん。これよかったら」

「え？」

俺はノートを写し終わった後にできた暇な時間で買ってきた缶コーヒーを、東条《とうじょう》さんに向けて差し出す。

ブラック派かそうでないかで迷ってしまったから、間を取って微糖を買ってきた。

本当はコーヒーでなくとも何か飲み物をこの場で淹《い》れてあげられたらよかったんだけど、さすがに許可も取っていない他人のキッチンでそれはできない。

「私に、ですか？」

「ああ、微糖でよければだけど……」

東条《とうじょう》さんは凄《すご》く恐る恐ると言った感じでコーヒーを受け取ると、それを両手で握りしめた。

「張り切って仕事を終わらせたら……稲森《いなもり》君がコーヒーを持って労《いたわ》ってくれる生活……幸せ過ぎませんか？」

「そ、そう言ってもらえて嬉《うれ》しくはあるが……やっぱり大袈裟《おおげさ》だと思うぞ」

「大袈裟《おおげさ》なんかじゃありません！　よく想像してみてください。自分の好きな人が、長い勉強の後や、激しい運動の後や、大変な仕事の後に自分の好きな飲み物を持って待ってくれている瞬間を」

頭の中で、言われた通りに想像してみる。

好きな人と呼べる人間が俺にはいなかったため、申し訳ないが東条《とうじょう》さんで想像させてもらうことにすると――――。

「……うん、幸せかもしれない」

「そうでしょうそうでしょう？　それだけで疲れが吹き飛ぶってものですよ」

得意げに胸を張る東条《とうじょう》さんの姿は、形容しがたい可愛《かわい》らしさで。

大袈裟《おおげさ》だ大袈裟《おおげさ》だと言い続けていた俺は、いつの間にかそんな彼女によって納得させられていた。

「さて、では夕飯を作りますね。申し訳ないんですが、稲森《いなもり》君にはもう少し待ってもらって――」

「いや、できれば手伝いたいんだけど……駄目か？」

「え……？　稲森《いなもり》君は座っているだけでいいんですよ？」

「それだと、俺が辛《つら》いんだ。何もしないですべてを東条《とうじょう》さんにしてもらうだけの生活なんて、正直ちょっと苦しい」

誰もが羨む生活。

そんなことは理解している。

だけどこれまで忙しくてんてこ舞いな生活を送っていた俺にとって、何もしなくていい時間というのは行き過ぎると苦しくなるということが分かってしまった。

退屈さの他に、自分は何もしていないという事実が罪悪感となって俺に圧《の》し掛かってきていたんだと思う。

手伝う程度でその罪悪感を薄れさせようとしている時点で増々《ますます》申し訳ないのだけれど、せめてそれくらいはさせてもらえないと頭がおかしくなってしまうかもしれない。

「頼む、東条《とうじょう》さん」

「……そうですね、私は少し冷静さを欠いていたようです」

東条《とうじょう》さんは酷《ひど》く反省している様子で、顔を伏せた。

「稲森《いなもり》君のことを理解しているつもりになって、もしかしたら何も分かっていなかったのかもしれません。私が愛《いと》しく想《おも》うくらいに優しいあなたが、この環境を息苦しく思ってしまうことなんて予想できていたはずなのに……」

「そ、そこまで気に病む必要はないが……」

「いえ、ちゃんと反省すべき点は反省していかなければ、今後活《い》かしていくことができません」

普段通りの表情に戻った東条《とうじょう》さんは、一度大きく息を吐いて、そして頭を下げた。

「稲森《いなもり》君……これから夕食を作るので、手伝ってもらってもいいですか？」

「……ああ、喜んで」

不思議なやり取りに、俺たちは顔を合わせて笑ってしまう。

だけどこれで、彼女との生活はもう少し気持ち的にも楽になるはずだ。

――――ただ。

これもあくまで少しマシになった程度。

この至れり尽くせりな生活への違和感は、いまだ薄れることはない。

「あ、でももう一つだけ……私の方からお願いしたいことがあるのですが、聞いてもらえないでしょうか？」

唐突な申し出に一瞬きょとんとしてしまったが、すぐに意識を帰還させる。

自分のお願いを聞いてもらったばかりなのだ。

俺にできる範囲のことなら、ここで聞くのが筋というものだろう。

「内容を聞いてもいいか？」

「えっと、その……あの」

何故《なぜ》か言い辛《づら》そうな東条《とうじょう》さんの様子を見て、俺は疑問符を浮かべる。

そんなに難しい願いなのだろうか？

それだと対応しきれない可能性もあって、少し不安だ。

「……っ、春幸《はるゆき》君って呼んでもいいですか？」

「……へ？」

「ず、ずっと好きな人を名前で呼ぶことに憧れがありまして……！　稲森《いなもり》君が不快に思わないのであれば、ぜひ呼ばせてもらえたら嬉《うれ》しいんですけど……」

彼女の顔が赤くなっていくと同時に、声もか細くなっていく。

初日に見せつけてきた余裕はどこへやら。

目の前にいたのは、恥ずかしがりやな普通の女の子だった。

「そんなことでよければ、全然。東条《とうじょう》さんから呼ばれる分には、不快どころか嬉《うれ》しいくらいだ」

「本当ですか？　じゃ、じゃあ……これから春幸君《はるゆき》で」

東条《とうじょう》さんは普段の美人な印象とは違う、可愛《かわい》らしい〝にへら〟とした笑みを浮かべる。

その凄《すさ》まじい破壊力に、俺の心臓は強く高鳴った。

「どうかされました？　春幸《はるゆき》君」

「い、いや……何でもない」

赤くなった顔を隠すために、横を向く。

そんな俺の顔を前からのぞき込もうとする東条《とうじょう》さんから逃げるため、再び別の方向を向いた。

さらに彼女がそれを追ってくるため、何度も何度も回転する羽目になる。

最終的に二人して目を回してしまい、それがまたおかしくて笑った。

「ふふっ、照れた春幸《はるゆき》君も可愛《かわい》いです」

「か、勘弁してくれ……東条《とうじょう》さん。そもそも女子から下の名前で呼ばれることなんてないんだから、照れたって仕方ないだろ」

「ほうほう。では今学校であなたのことを下の名前で呼ぶのは、私だけだったりします？」

「男友達を除けばそうなるけど……」

パッと笑顔を花開かせた東条《とうじょう》さんは、小躍りしそうなテンションを抑え込むかのように、頬に手を添えた。

「ふふっ、ふふふ！　最高です……！　こんなに嬉《うれ》しい日はそうそうありません！　私は本当に幸せ者ですね！」

また大袈裟《おおげさ》だと言ってしまいそうになり、思わず口を噤《つぐ》む。

俺が東条《とうじょう》さんのことを名前で呼ぶことを許されたとして、それが男の中で俺一人だったら、それは何にも代えられぬ優越感に繋《つな》がるだろう。

もちろん俺と東条《とうじょう》さんの立場は大きく違うため、前提からおかしい部分は存在するが、それでも限りなく近い想像はできているはずだ。

「私だけ下の名前呼びっていうのも少し変なので、よろしければ春幸《はるゆき》君も私のことを下の名前で呼んでください。そのまま冬季《ふゆき》でも、冬ちゃんでも、ふゆっちでも、春幸《はるゆき》君に呼ばれるなら大歓迎です」

「ま、まだそれはハードルが高いな」

「……嫌、ですか？」

「うっ」

目を潤ませ、東条《とうじょう》さんは上目遣いで俺を見つめる。

この人は本当にずるい。

女王のように人を従えている姿が似合う時もあれば、何かをねだる時はこうして弱々しい少女にもなり切れる。

この大きなギャップのせいで、俺の心はいとも簡単に揺さぶられてしまうのだ。

「わ、分かった……これからはふ、ふ……冬季《ふゆき》って……呼ばせてもらう」

「〜〜〜っ！　嬉《うれ》しいですっ！　好きな人に名前を呼ばれるってすごいですね……！　自然と体が火照《ほて》ってしまいます」

一瞬体をブルっと震わせ、東条《とうじょう》さん改め、冬季《ふゆき》は満面の笑みを浮かべた。

対する俺はかなりの羞恥を感じているわけだが、まあ、この笑顔が見られるなら、俺の恥ずかしさなんてどうでもいいか。

「さて、そろそろ夕食作りに移りましょうか。春幸《はるゆき》君と話す時間は楽しいですが、さすがにこれ以上遅くなってしまうと食事の時間が遅くなりすぎてしまって、太りやすくなってしまいます」

「分かった。そう言えば、何を作る予定だったんだ？」

「ふっふっふ、手伝っていただけるということなので、先にお見せしましょうか」

冬季《ふゆき》は最新っぽい冷蔵庫まで近づくと、中からピンク色の何かを二つ取り出した。

「……なるほど、とんかつか」

「はい！　有名な牧場の三元豚を買ってきました！　これで肉厚のとんかつを作ります！」

鮮やかな赤みと、綺麗《きれい》な白い油の部分。

その二つの割合のバランスが素晴らしい肉厚の豚肉は、調理前の姿でさえ食欲をそそる。

「さあ、頑張って揚げていきましょう」

冬季《ふゆき》から予備のエプロンを受け取った俺は、そのままキッチンへと向かった。

「私はメインのとんかつを準備するので、それまでお味噌汁《みそしる》やサラダの準備をお願いできますか？」

「分かった、それくらいなら大丈夫」

キッチンにて衣や油の準備を始めた冬季《ふゆき》の隣で、俺は言われた食材を手に取ってまな板の前に立つ。

とんかつには欠かせないキャベツの千切りと、わかめと豆腐の味噌汁《みそしる》を作るのが俺の仕事だ。

これくらいの仕事量なら、簡単な自炊の経験がある俺にとって丁度いい労力と言える。

「今日は適当に材料を買ってきてしまったのでわかめと豆腐ですけど、春幸《はるゆき》君はお味噌汁《みそしる》の具は何が好きですか？」

「基本的に何でも食べられるから、これが一番好きっていうのはないな……夏ならナス、冬なら大根みたいな、季節ごとの美味《おい》しい物だと嬉《うれ》しいってくらいだ」

「旬に合わせる感じですね、なるほどなるほど」

インプットしましたとでも言いたげに、冬季《ふゆき》は自分のこめかみを指で叩《たた》く。

さすがは聞いただけで授業内容を覚える超人。きっと一度覚えたことは忘れないに違いない。

「逆に聞くけど、ふ……冬季《ふゆき》は何が好きなんだ？」

「ふふっ、私はシジミですね。作る時は砂抜きとかちょっと手間ですけど、やっぱり貝の旨味《うまみ》は一味違うというか」

「ああ、気持ちは分からないでもない」

シジミの味噌汁《みそしる》は俺も好きだ。

具材によって多少なりとも味に変化が起きる味噌汁《みそしる》だが、シジミの時に関しては分かりやすく違いが分かる。

俺の舌が鈍感だからかもしれないが、故に特別だと感じるのだ。

「近いうちにシジミのお味噌汁《みそしる》も作りましょう。その時はついでに日本食セットも用意しましょうか」

「それは魅力的だな」

「ふふっ、小さい頃は母の母国のロシアで過ごしたので、その反動で日本食が好きになってしまいまして。その分たっくさん練習したので、絶対に満足させてみせますよ」

昨日の肉うどんの時から思っていたことだが、多分冬季《ふゆき》は出汁《だし》の使い方が上手《うま》い。

日本食に自信があるという発言に関しても、そういった部分から来る自信なのだろう。

「こっちはキャベツを切るけど、そっちはどうだ？」

「油が温まったので、ここから揚げに入ります」

パン粉をつけた分厚い豚肉を持ち上げた冬季《ふゆき》は、それを油の中へと落とす。

じゅわという小気味良《い》い音がして、豚肉が熱された油によって調理され始めた。

「揚げ物はやっぱり油の処理など厄介な要素が多いせいで気軽には作れませんが……たまにこうして張り切ってみると楽しいものですね」

それに、隣で春幸《はるゆき》君が手伝ってくれていますし――。

彼女は火から目を離さないようにしながら、嬉《うれ》しそうにつぶやいた。

しみじみとそう告げられてしまうと、今までのやり取りとはまた違う照れが襲ってくる。

「これからも、その……時間がある時に手伝ってもらうことってできますか？」

「ああ、むしろそれくらいはさせてほしい」

俺に頼みごとをするに当たり、どこか緊張の面持ちを浮かべていた冬季《ふゆき》は、その表情をまるで花を咲かせたような笑みに変えた。

今日だけでも何度か見ることのできた笑顔だけど、何度見ても心臓が跳ねてしまう。

やっぱり彼女は俺の知る誰よりも可愛《かわい》らしい。

こんな人が自分を好いてくれているなんて、俺の人生にあるはずのなかった幸せだ。

それをもっと素直に噛《か》み締《し》めるためには――。

「他にもできることがあれば、もっと頼ってほしい。冬季《ふゆき》から頼られると、ここにいていいんだって思えるから」

「……？　別に春幸《はるゆき》君は何もしなくてもここにいていいんですよ？」

「そう言ってくれるのはありがたいけど、まあ……俺の個人的な事情ってことで」

本人にはまだ直接伝えることはできないが、俺はまだこの恵まれた環境を信じ切れていない。

冬季《ふゆき》の気まぐれで追い出されてしまうことだって、可能性としては存在するはずだ。

現実は簡単に人を裏切る。

それを俺は自分の身をもって理解しているから。

◇◆◇

俺たちの目の前の皿に乗っているのは、綺麗《きれい》なきつね色をした分厚いとんかつ。

その下には俺が千切りにしたキャベツが敷かれ、隣には炊き立ての白米が乗ったお茶碗《ちゃわん》と、わかめと豆腐の味噌汁《みそしる》が置かれていた。

湯気を立てるそれらの料理は、どこからどう見ても美味《おい》しそうで、自然と涎《よだれ》を誘う。

「我ながら焦げることもなく上手《うま》くできたと思います。中身も赤くないですし、ばっちりですね」

満足げに頷《うなず》く冬季《ふゆき》と共に、手を合わせて「いただきます」と告げる。

まずは味噌汁《みそしる》。

最終的な味噌《みそ》や出汁《だし》の調整は冬季《ふゆき》にやってもらったから、塩気も風味もバッチリだ。落ち着く白味噌《しろみそ》の味が、体の中にしみ込んでくる。

次に手を付けたのは、メインディッシュであるとんかつだ。

ソースとからしをつけ、口に運ぶ。

衣はサクッと、そして肉は簡単に噛《か》み切《き》れてしまうほどに柔らかい。

じわぁ、と旨味《うまみ》の詰まった油が、何か危ない成分でも入っているんじゃないかと思うほどに幸せを感じさせてくれる。

「ふふっ、人がお肉を食べると幸せを感じるのには、実はちゃんと理由があるらしいですよ?」

「え、そうなのか?」

「専門的な用語は避けますけど、お肉に含まれる一部の栄養素が頭の中で至福物質と呼ばれる物に変化して、それが幸福感を生み出す要因になっているそうです。ちゃんと科学的根拠があるのが面白いですよね」

「へぇ……ただ美味《おい》しいからって話じゃなかったんだな」

「もちろん美味《おい》しいことは前提だと思いますけどね」

確かに、いくら肉自体にそういう成分があったとしても、そもそも味が美味《おい》しくないならプラスマイナスゼロだ。

むしろマイナスである場合が多いだろう。

あっという間に食べきってしまった俺たちは、再び手を合わせた後に空いた皿たちを流しへと持っていく。

汚れた皿を冬季《ふゆき》と協力して洗っていると、ふと気になることが一つ思い浮かんだ。

「それにしても、冬季《ふゆき》ってそんなに細いのに意外とよく食べるんだな」

「お仕事や勉強をした後って、やたらとお腹《なか》が空いてしまうんですよね……胸に脂肪がつく体質だったのがせめてもの救いでした」

そんなことを言われてしまったせいで、一瞬、本当に一瞬だけ、彼女の胸元に視線が寄ってしまった。

こういう視線に女性は敏感だと言うけれど、冬季《ふゆき》も例外ではなかったようで。

俺の視線に気づいた彼女は、からかうような様子で微笑《ほほえ》んだ。

「別に気にする必要性はないですよ。むしろ少しでも意識していただけて嬉《うれ》しいです」

「い、いや……でも普通に失礼だと思うから……」

「よく知らない相手や友人程度の関係性だったらそれは失礼に当たると思いますが、好きな人から意識されている分には問題ないですし、むしろまったく意に介していない様子を見せられてしまうよりは安心しますよ」

あくまで私は、という話ですけど――。

そんな言葉で締《し》め括《くく》った冬季《ふゆき》は、照れ臭そうに髪の先を指でいじり始めた。

「春幸《はるゆき》君に限っては注意するまでもないとは思いますけど、他の女の子に変な視線を向けては駄目ですからね？　その人に不快な思いをさせてしまうかもしれませんし、私もすごく嫉妬しますから」

「冬季《ふゆき》は……その、嫉妬深い方なのか？」

「はい、とっても」

さっきから可愛《かわい》らしいばかりだった冬季《ふゆき》の表情が、突然冷え切った笑顔へと変わる。

その顔が決して冗談を言っている顔ではないということは、すぐさま理解できた。

こんな環境に置かれて他の女性を好きになるようなこともないが、せめてお試し期間中は冬《ふゆ》季《き》を悲しませるようなことはしないようにしよう。

多分後が怖い。

皿洗いを終えた俺たちがリビングのソファー周りに戻った時、俺は彼女に伝えておかなければならないことを思い出した。

「そう言えばなんだけど、月曜日はバイトに行ってもいいか？」

「え……バイトですか？」

「交通誘導のバイトはなくなったけど、コンビニのバイトはちゃんと高校生として雇ってもらっているから、急に行かなくなるわけにもいかないんだ」

「うーん……それは確かに。ちなみになんですけど、今後のシフトもすでに決まっているのですか？」

「いや、ちょうど月曜日がシフト提出日だ」

「それなら……しばらくの間お休みしていただきたいと思うんですけど、難しいでしょうか？」

からかいの入っていた名前呼びを要求してきた時とは違う、本気で申し訳なさそうな懇願。冬季《ふゆき》自身も、無茶を言っている自覚はあるようだ。

「……すみません。せめてこの一か月間は、少しでも一緒の時間が欲しいと思ってしまいまして」

「う……」

こんな可愛《かわい》いことを言われて、突っぱねられる男がいるだろうか。

いや、まあいるだろうけども、少なくともそういう男とは親友と呼べるほど仲良くはなれない気がする。

確かにバイトを一か月間休むなんて、どう考えても相当難しい。

難しいが――――。

「い、言うだけ言ってみる……月曜日は店長もいるし、軽く聞いてみるだけならタダだと思うから」

「っ！　本当ですか！　ぜひお願いします！」

飛びつくようにして俺の腕を絡《から》め取る冬季《ふゆき》。

彼女にはもう少し自分が持つ二つの武器の柔らかさを自覚してもらいたいところだ。

……いや、自覚しているからこその行動かもしれない。

本当にこの人は、どこまでも恐ろしい人だ。

■03：お風呂《ふろ》場トーク

「さて、じゃあ一緒にお風呂《ふろ》に入りましょうか」

「いや……待ってほしい。なんでナチュラルに一緒に入ることになってるんだ？」

「え？　私がそうしたいからですけど……」

何とシンプルかつ否定しにくい理由だろうか。

ただ昨日の風呂《ふろ》であったようなことが今日も続くようなことがあれば、おそらく俺の心臓が持たない。

「しかしご安心を！　昨日のような直接的な誘惑はいたしません！」

「直接的な誘惑だった自覚はあったんだ……」

「ともかく！　今日は私なりに春幸《はるゆき》君に配慮して、こんなものを引っ張り出してみました！」

そう言いながら、冬季《ふゆき》は自室から小さな白色の布を持ってきた。

ううむ、どうしよう。

いわゆるビキニと呼ばれる物に見えるのだが。

「じゃん！　今日はお互いに水着で入りましょう！」

ああ、やっぱり――――。

彼女は見事なドヤ顔を決め、まるで見せびらかすかのように白いビキニを俺の前で広げる。

「お互いに水着を着た状態で入れば、それはもう市民プールと同じです。もしこれを不健全だと訴えるのであれば、すべてのプール施設を閉鎖しなければならなくなりますからね」

「その理屈は些《いささ》かおかしい気がするが……」

「細かいことはいいのです。それとも、どうしても私とお風呂《ふろ》に入りたくない理由があるのですか……？」

「うっ……」

またこれだ。

俺はどうしても彼女の不安そうな顔に弱い。

「あ――――そう……ですよね。私なんかと一緒にお風呂《ふろ》に入りたいわけがないですよね」

「ち、違う！　そういうわけじゃ――――」

本当に嫌というわけではない。

それをはっきり伝えたくて全力で頭を回転させるが、その前に冬季《ふゆき》は目尻に涙を浮かべ、露骨に落ち込んでしまう。

いや、待てよ？

この流れ、すでに初日で同じことをしなかったか？

「……演技か」

「あ、バレましたか」

「一回騙《だま》されてるからな」

てへっと舌を見せる冬季《ふゆき》。

こんなあざといだけの仕草も、彼女がするととんでもなく可愛《かわい》いから不思議だ。

「さすが春幸《はるゆき》君。女の涙を見破れるとは素晴らしい才能です」

「嬉《うれ》しくない才能だな」

「私としては、今後卑怯《ひきょう》な女性に春幸《はるゆき》君が騙《だま》されないと分かって安心しましたよ？」

「それは……確かに？」

「まあ、そんな女が春幸《はるゆき》君に近づいてきたら、全力で排除するんですけどね」

「またそんな冗談を……」

「え？」

「え？」

「……」

「……」

――あ、これ冗談じゃないやつだ。

この話はここで終わりにしておこう。

「結局……男女が二人で風呂《ふろ》に入るってのはやっぱり健全じゃないと思うんだ。せめてもう少し一緒にいる時間を増やしてからとか……」

「私の水着、見たくないですか？」

「っ……」

見たい。

正直見たい。

恥ずかしながら、俺も男だから。

「そもそもの話、同じ屋根の下で寝泊まりしている時点で健全とは言えませんよね？　私たちはすでに二人とも悪い子なんです。だったらもっと欲望に忠実になっても変わらないと思いませんか？」

「たし、かに？」

「私は、春幸《はるゆき》君をとびっきり甘やかしたいんです。欲望を解放させて、望むことは何でも叶《かな》えてあげたい。だから聞かせてくれませんか？　私の水着が見たいか、見たくないか」

スッと近づいてきた冬季《ふゆき》は、ほぼほぼ俺に抱き着くような姿勢で腰に手を回して来る。

完全に密着しているわけではないが、この絶妙に触れ過ぎない距離感が酷《ひど》くもどかしい。

駄目だ。俺はもう、この人には敵《かな》わない。

「……見たい」

「え、今何と言いましたか？」

聞こえているくせに。

「見たい……見たいさ。絶対可愛《かわい》いに決まってる」

「～～～っ！　そうですか、見たいですか！」

冬季《ふゆき》は頬を染めて笑顔を咲かせると、またも一瞬体を震わせる。

さっきもそうだったが、興奮しているように見えるのは気のせいだろうか？

――到底本人には聞けないけれど。

「そうと決まればすぐにお風呂《ふろ》に行きましょう！　湯船はすでに張ってありますので！」

「……ああ、分かった」

どうか持ってくれ、俺の心臓。

◇
◆
◇

俺は今、昼間に自宅から取ってきた学校指定の男性用水着を履いて、シャワーを浴びていた。

目の前には白いビキニ水着を着た冬季《ふゆき》がいる。

「どうですか？　可愛《かわい》いですか？」

冬季《ふゆき》は少し照れた様子で、俺の顔を覗《のぞ》き込む。

彼女の水着姿を一言で表すなら、まさに〝男の理想〟。

昨日はよく見る余裕すらなかったが、今ならその理想がダイレクトに目に飛び込んでくる。

ビキニによって強調された豊満な胸。

一切たるんでいない引き締まった腰。

胸に負けず劣らずな立派な尻。

多分写真集でも出したら、瞬《またた》く間《ま》にコンビニや書店から消えてなくなることだろう。

ひょっとすると、すでにスカウトなどはされているかもしれない。

「……できれば感想をいただきたいのですけど」

「あ、ああ！　悪い……その、想像以上っていうか。言葉を失ってた」

「それくらい魅力的ってことですか？」

それはもちろん――――。

とノータイムで口にしたいところだったが、最後に残った羞恥心がそれを妨害し、とっさに頷《うなず》くことしかできなかった。

しかし冬季《ふゆき》自身は満足してくれたようで、徐々に見慣れてきた花のような笑顔を咲かせる。

「ふふっ、そうですかそうですか。見惚《みほ》れていただけたようでなによりです。自分磨きを怠らなかった甲斐《かい》がありました」

そう告げた彼女の言葉には、重みがあった。

東条冬季《とうじょうふゆき》という少女は、きっと自分に妥協を許さない。

自分磨きを怠らなかったと言えば本当に怠らなかったんだろうし、その磨き方だって、きっと生半可なものではないのだろう。

「うーん、前々から思ってはいたんですけど、春幸《はるゆき》君もいい体してますよね」

「……そうか？」

言われて体を見下ろしてみるが、あまりにも見慣れ過ぎていてよく分からない。

太ってはいないし、ガリガリというわけでもないと思うが。

「服の上からじゃ分かりにくいですけど、運動部かと思うくらいにはしっかりしているというか……確か、中学までは剣道をやってたんですよね？」

「本当によく知ってるな……」

「失礼ながら、春幸《はるゆき》君のことは隅々まで調べましたから」

どう調べたのかは聞かないことにしよう。

多分知らない方がいいことだ。

「剣道もそうだけど、最近は力仕事もしてたからだと思う。空いた日があれば臨時で引っ越しのバイトもしてたし」

剣道を辞めてしまってからも、バイトが自然と運動代わりになっていた。

おかげさまでこれまで運動不足を感じたことはない。

ただ食事面が充実していなかったせいで、長いこと具合の悪い日々が続いていたけれど。

「ふむふむ。では今後私が食事を管理することで、春幸《はるゆき》君の体を作っていくこともできるということですね」

「まあ、食生活が改善されれば相当体の造りも変わると思う」

そうなった時の不安要素として挙げられるのは、バイトを減らしたことによる運動不足から来る脂肪のつき具合だ。

若さ故の代謝の良さがそれを抑制してくれると思いたいところだが、あれほど美味《おい》しい冬季《ふゆき》の料理を毎日食べていたら、太らない自信がない。

「運動不足対策に、何かトレーニング器具でも買いましょうか？　それか毎日ランニングするとか……それくらいならお付き合いできると思いますけど」

「どっちも魅力的ではある……って、」

俺はさっきから疑問に思っていることが一つあった。

「冬季《ふゆき》、さっきから俺の心の中を読んでないか？」

「ふふっ、そんなことができるわけないじゃないですか。春幸《はるゆき》君の顔がすごく分かりやすいだけです」

「え……そんなに？」

「はい、とっても。正直なところ、昨日までは表情に険しさと疲れが残っていて分かりにくかったんですけど、ハーゲン◯ッツを二人で食べた辺りからコロコロ変化するようになっていて……とっても可愛《かわい》いです」

可愛《かわい》いという言葉を言われ慣れていない俺は、馬鹿正直に照れて頰が熱くなってしまう。

なるほど、こういうところが分かりやすいと言われる原因か。

頭はそんな風に冷静に考えられているのに、感情というのはそう簡単に制御できるものではないらしい。

「私としてはぷくぷく太った春幸《はるゆき》君も見てみたいところなのですが……まあ到底健康的とは言えないと思いますし、定期的に運動する時間を作りましょうか」

「ああ、そうしてくれると助かる」

「ふふっ、春幸《はるゆき》君と一緒に生活の仕方も決められるなんて、やっぱり夢みたいです」

そうして冬季《ふゆき》は、これまたとびっきり幸せそうな笑顔を浮かべる。

何度も思ったことだが、この笑顔はずるい。

すべての毒気が浄化されていくかのような、圧倒的な魅力を感じる。

もはや女神の笑顔と言い変えてもいい。

――なんて、いつの間にか俺も彼女に影響されて言葉が大袈裟《おおげさ》になりつつあるようだ。

それからお互い背を向け合いながら体を洗った俺たちは、湯船に浸《つ》かることにした。

冬季《ふゆき》は俺の体を洗いたがったが、何だか嫌な予感がしたので断らせてもらった。

「やっぱり、一緒に入るのか？」

「もちろんです。お湯も冷めちゃいますしね」

ならば追い炊きをすればいいと思うのだが、きっと却下されるだろうな。

「分かった。入ろう」

「潔《いさぎよ》いのは大変結構だと思いますっ。では春幸《はるゆき》君から入っていただけますか？」

「え？　まあ、いいけど」

何か嫌な予感がする。

しかし冬季《ふゆき》が先に入っている湯船に足を突っ込むというのも些《いささ》か抵抗があるため、お言葉に甘えておこう。

「じゃあ、失礼して」

俺は足先からゆっくりお湯の中に体を入れる。

お湯の温度は熱すぎない丁度いい温度で、やがて全身を浸《つ》からせれば、心地のいい温《ぬく》もりがじんわりと体の芯に伝わってくる。

「ふぅ」

「気持ち良さそうですね。では私も失礼して」

そう言いながら、冬季《ふゆき》も湯船に入ってくる。

――何故《なぜ》か俺に背中を預ける形で。

「あの、冬季《ふゆき》？」

「何でしょう？」

「ち、近すぎないか？」

「あ、すみません。うちの浴槽が狭くて」

いや、全然広いが。

むしろ人間一人分が反対側に空いているが。

ともあれ有無を言わせないつもりの彼女の笑顔を見ると、俺はもう諦めるしかないのだと否《いや》が応《おう》でも理解してしまう。

嫌ではないが、風呂《ふろ》の効果も相まって顔が火照《ほて》ってきた気がする。

「……春幸《はるゆき》君、少し言いたい愚痴があるんですけど、いいですか？」

「え……愚痴？　まあ、吐き出す相手が俺でいいなら」

冬季《ふゆき》の口から愚痴が漏れるなんて、正直考えられない。

一体どんな内容だろう？

完璧超人と名高い彼女の愚痴なんて想像もつかないのだが。

「その……この水着は一年生の時に購入した物なんですけど」

「……ん?」

雲行きが怪しくなってきたな。

「今日久しぶりに着てみたら、何だか胸の辺りがきつくって……」

そう言いながら肩の紐《ひも》を引っ張る冬季《ふゆき》。

胸がきついなんて言いながらそんなことをするもんだから、つい、背中の向こう、、を想像してしまう。

「あれ? 何だか背中に硬い物が……」

「ぶっ!?」

「ふふっ、ごめんなさい、さすがに冗談です。でも春幸《はるゆき》君は本当に可愛《かわ》いですね」

「あ、あんまりからかわないでくれ……」

「すみません、やっぱり春幸《はるゆき》君の反応がどうしても見たくなってしまって」

「勘弁してくれ……まさか、学校じゃやらないよな?」

「もちろん。こんなにも可愛《かわい》らしい春幸《はるゆき》君を他の人に見せるだなんてもったいなくてできません」

俺はただ恥ずかしいからやめてほしいと思っているのだが、冬季《ふゆき》にとってはもう少し複雑な事情があるようだ。

ともあれ、学校では控えてくれるというのであれば俺としても安心である。

「そう言えば、俺たちの関係って学校ではバレないようにした方がいいのか？」

「うーん……そうですね。春幸《はるゆき》君はどうしたいですか？　私はどちらでもいいです」

正直なところ、まだ正式に付き合っているわけでもないのに他人に伝えるのもおかしな話だと思う。

周りに言ってもいいと言われたところで、おそらく俺は言い広めるような真似《まね》はしない。ならば最初から秘密にすると決めてあった方が、多少モヤモヤはすっきりするだろうか。

「あっ！　でも二人だけの秘密の関係っていうのもいいですよね。学校ではいかにもただのクラスメイトですって態度で過ごして　帰宅したらただならぬ関係に早変わり……ちょっとえっちでいいですねっ」

「まだそんな関係じゃないだろ……」

「確かに、〝まだ〟違いますね」

「うっ……」

これは墓穴を掘った。

「冷静に考えてみれば、春幸《はるゆき》君に迷惑をかけないためにも言わないのが正解ですね。こう言ってはあれですけど、私モテますから」

「自分で言うのか」

「事実ですから。中学の頃から一クラス分以上の男の子から告白されましたし、高校に入って一年と少しで同じくらいの告白を受けてます」

「噂《うわさ》で聞いた気がするけど、本当だったんだな……」

「ほとんどの人が思い出づくりでしたけどね。中には本気で私と付き合いたいと思って告白してくれた方もいましたが、ほとんど話したことがないのに謎の自信に満《み》ち溢《あふ》れていて、ちょっと怖かったです」

「そういうものなのか」

「そういうものなのです。なまじ相手がどういう人間なのかを見抜く力があるので、私は比較的マシな方だとは思いますけどね。普通の人じゃ増々《ますます》恐ろしく感じるんじゃないでしょうか。まあ、告白されてとりあえず付き合ってみるという猛者《もさ》もいるみたいですが」

　とりあえず付き合う、か。

　正直なところ、俺には理解できない話だ。

　まあそもそも告白された経験なんて存在しないわけだが――――。

「ともかく、春幸《はるゆき》君が男の子たちから憎しみのこもった目で睨《にら》まれることを避けるためにも、できるだけ秘密にしておきましょうか。私のいる女子グループも、下手に発言力がある分バレると厄介なことになりそうですし」

「友人グループ?」

「……本当に、クラスメイトに意識を割く余裕もなかったんですね」

「わ、悪い……」

「いえ、責めてるわけではないんです。ただ、もっと甘やかしてあげねばとふんどしを締め直しただけですから」

彼女の中にはそんなふんどしが存在するのか……。

「昼食などをご一緒するクラスメイトのことを、私が勝手に女子グループと呼んでいるだけです。高校生活を快適に過ごすためには、社交性のある方々を周りに置いておく必要がありまして……猫を被《かぶ》りながら関わり続けるのは中々に疲れますが、人を率いる立場を目指す者としてはいい練習になります」

「え、友達……なんだよな？」

「――――ええ、友達ですよ？」

「……今少し間がなかったか？」

「友達……と呼べる関係性ではあると思うんですけど、そこまで綺麗《きれい》なものでもないと言いますか……全員が全員お互いの機嫌を損ねないように立ち回ろうとしていて、正直居心地は悪いです」

友達なのに、居心地が悪い。

その感覚は、きっと俺はまだ経験したことがないものだ。

「すみません、クラスメイトを悪く言うようで何だか感じ悪いですよね」

「え？　いや、そんなこともないと思うけど」

「どういう、意味です？」

「確かに冬季《ふゆき》の考え方は俺の知らない物だけど、中学で嫌な思いをしているわけだし、仲を深める相手を慎重に選ぶようになるのも当然じゃないか？」

確かに冬季《ふゆき》の周りにある友人グループのメンツには失礼な言い方だったかもしれない。

しかし彼女の目が互いの機嫌を窺《うかが》い合っていると認識したのなら、きっとそれは当たっているのだろう。

聞いている限りでも、その関係はどこか歪《いびつ》で、小さなきっかけで簡単に壊れてしまいそうだ。

足場がグラついていれば、人はストレスを感じる。

俺は冬季《ふゆき》の気持ちをすべて理解することはできないけれど、それだけはこの身を持って知っていた。

「……」

「まあ、別に今はそういう関係でも、いずれ気を遣《つか》わずに話せる関係になれるかもしれないし
……って、どうした？」

「……春幸《はるゆき》君って、人を肯定するのがお上手なんですね」

「そうか？」

「はいっ、春幸《はるゆき》君の優しさが伝わってきました」

「そう言われると照れるんだけど……」

「でも、そういう言葉は私以外にはあまり吐かないでくださいね？　相手が私みたいなちょろい女だったら、簡単に落ちちゃいますから」

まあ、私がちょろくなるのは春幸《はるゆき》君の前でだけですけど――。

そんな言葉を残して、彼女は湯船から上がる。

「そろそろ上がりましょうか。またアイスを用意しているので、一緒に食べましょう」

「あ、ああ」

普段から可愛《かわい》い顔をしているのに、照れた時の様子は数割増しで可愛《かわい》く見える。

正直、破壊力が高すぎた。

冬季《ふゆき》の言葉を借りるなら、こんなに胸をときめかせている俺の方こそ、〝ちょろい〟男なのだろう。

■04：登校、そして即バレ

早朝。俺は食欲を誘ういい香りで目を覚ます。

体を起こせば、隣に冬季《ふゆき》の姿はない。

キッチンの方から音がするし、おそらくはそこにいるのだろう。

「あ、おはようございます、春幸《はるゆき》君。ちゃんと起きることができてえらいですねっ」

「……おはよう」

すでに学校指定のワイシャツとスカートに着替えている冬季《ふゆき》は、その上からエプロンをつけてお玉を持っていた。

どうやら朝食の準備をしてくれているらしい。

「もう少しでできますから、学校に行く準備をして待っていてください」

「ああ、分かった」

俺は自室として貸してもらっている部屋で制服に着替え、教科書などが詰まったスクールバッグを持ってリビングへと戻る。

学校がある日にこんな清々《すがすが》しい気持ちでいられるのは初めてだ。

今まで慢性的にあった倦怠《けんたい》感はどこかへ消え、何に対しても意欲的に動ける気がする。

それもこれも、バイトがなくなった土日でじっくり体を休めることができたからだ。

一日十二時間以上、正午近くまで寝てしまっていたのは冬季《ふゆき》に大変申し訳なく思ったが、彼女はむしろそんな俺を嬉々《きき》として褒めてくれた。

曰《いわ》く、「たくさん寝られてえらい！」とのことらしい。

こんなことで褒めてもらえるのであれば、いくらでも寝ていられる気がした。

そしてなんやかんやで週が明け、今日は月曜日。

元気に学校へ行かなければならない日である。

「春幸《はるゆき》君は納豆大丈夫ですか？」

「特に苦手意識とかはないよ」

「了解です。じゃあつけておきますね」

丁寧に朝食を並べたお盆を持ってきた冬季《ふゆき》は、それを俺の前に置いてくれた。

お味噌《みそ》汁《しる》に、焼き鮭《ざけ》。炊き立ての白いご飯と今言っていた納豆。

まさに理想の朝食と言えるだろう。

「本当に料理が上手《うま》いんだな、冬季《ふゆき》は」

「食事は自分の体を作る大事な源ですからね。それはもうたくさん練習しました」

昨夜と同じように二人で手を合わせ、食事を始めた。

焼き鮭《ざけ》は皮がパリパリで、程よい塩味が白米を進ませる。

味噌汁《みそしる》に関しては、具自体は昨夜と同じ物を使っているものの、何度飲んでも飽きると思えない。

「朝からこんな朝食が食べられるなんて、本当に贅沢《ぜいたく》だ……」

「そんな風に言ってもらえるのは嬉《うれ》しいですけど、そこまで特別なことはしてないですよ？　むしろこれまではどんな朝食を食べていたんですか？」

「食べてなかった」

「え？」

「朝食を食べる時間があったら寝ていたかったから、一切食べてなかったよ」

食事に極力金をかけないようにしていた俺が、唯一削っても問題なしと判断したのが、朝食だった。

だからこうして朝食を食べているのも、実に一年以上ぶりである。

「……私、ちゃんと毎日作りますから」

「え？」

「ちゃんと、作りますから」

真《ま》っ直《す》ぐで真剣な目を向けられ、俺は思わず硬直してしまう。

しかし彼女が俺を想《おも》ってくれていると気づけば、途端に胸の中に温かいものが溢《あふ》れてきた。

「冬季《ふゆき》が俺のために作ってくれるなら、俺はそれを全部食べるよ。だけど無理をするようなら……」

「無理だなんて……それは私を甘く見過ぎです。どれだけ手の込んだ料理を作ることになろうとも、それが春幸《はるゆき》君のためならへっちゃらなんですから」

――それはある意味無理をしているのでは？

そう思ってしまう自分もいたが、本当にへでもなさそうな彼女の表情を見ると、毒気を抜かれてしまう。

「こうして大事に想《おも》ってくれているだけで、私は嬉《うれ》しいです。春幸《はるゆき》君は与えられているだけって感じているかもしれませんが、私からすればすでにたくさんのモノをもらっているんですよ？」

「そう、なのか？」

「はいっ。例えば今みたいに気遣ってくれたことや、一緒に寝てくれたこと、おかえりなさいを言ってくれたこと、一緒にご飯を作ってくれたこと、美味《おい》しかったと言ってくれたこと……全部全部、私の宝物です」

両手を組み合わせた冬季《ふゆき》は、それを抱きしめるかのように胸の前へと持っていく。

宝物を肌身離さず持っていようとするかのように、大事に、大事に。

だけどそれは、俺ももらっている物だ。

やはり受けた恩を返しているとは思えない。納得できない。

「春幸《はるゆき》君は生きてここに立っているだけでも十分なんですっ。生きているだけでえらいんです」

冬季《ふゆき》はいつも大袈裟《おおげさ》だ。

そんな彼女のことを、俺はもっと知りたい。

きっと何か、俺に対してこれほどまでに好意を抱いてくれるようになったきっかけのようなものがあるはずだ。

心の底から安心して彼女に気持ちを返せるように、俺の方にも何か――そう、きっかけが欲しいのだ。

「……っと、そろそろ家を出ないとですね」

「あ、もうそんな時間か」

型落ちしたスマホで時刻を確認してみれば、そこには七時半と表示されていた。

うちの学校の始業時間は八時二十分。

今から向かえば、余裕を持って到着するだろう。

俺たちは洗い物として残っていた最後の皿を片付け、それぞれスクールバッグを持つ。

俺のバッグの中には冬季《ふゆき》が作ってくれた弁当が入っており、先週のクオリティから考えると、昼休みがとても待ち遠しくなってしまった。

「下で朝陽《あさひ》が待っているので、駐車場まで下りましょう」

「……今更だけど、本当に俺も乗せてもらっていいのか？」

「もちろんですよ。一人だけ電車で登校させるようなことはしません」

登校時、俺は冬季《ふゆき》と共に日野《ひの》さんの車に乗せてもらうことになっていた。

彼女が車で送迎されるのは当然として、そこに自分まで加わるというのはいささか申し訳なく思ってしまう。

しかしどのみち日野《ひの》さんは冬季《ふゆき》を乗せて学校に向かうわけで、そこにあと一人人間が加わろうが、何の支障もない。

むしろ変に気を遣《つか》う方が、日野《ひの》さんを信頼していないように受け取られてしまうだろう。

結局俺は、彼女らのお言葉に甘えることにした。

「おはようございます、冬季《ふゆき》様、稲森《いなもり》様」

そうして駐車場まで下りれば、昨日と何一つ変化のない日野《ひの》さんが車で待っていた。

「……おはようございます。すみません、俺まで乗せてもらうことになって」

「冬季《ふゆき》様からすでに指示が出ていますので、問題ありません」

昨日と同じ車に乗せてもらい、俺たちは学校へ向けて出発した。

日野《ひの》さんの運転する車は乗り心地抜群で、安心感がある。

移動している間、冬季《ふゆき》は上機嫌そうに頭を左右に揺らしていた。

その姿が可愛《かわい》らしくて、思わず口角が上がってしまう。

やがて日野《ひの》さんの車は、学校から少し離れた駐車場で止まった。

「さて、行きましょうか」

「ああ……日野《ひの》さん、ありがとうございました」

「ありがとう、朝陽《あさひ》。また午後もよろしくお願いしますね」

それぞれ日野《ひの》さんにお礼を告げつつ、俺たちはここで車を降りる。

元々冬季《ふゆき》は、学校の前まで送ってもらうことはほとんどないそうだ。

わずかながらでも場所を取ってしまうし、悪目立ちする可能性を考慮した結果らしい。

ここからは五分ほど徒歩で学校へ向かうことになる。

「そう言えば、そろそろ中間テストですね」

「……確かに」

五月の中旬である現在。

確かあと一週間ほどで、中間テストが始まるはず。

「冬季《ふゆき》はいつも学年一位だっけ。本当に凄《すご》いと思う」

「ふふっ、恐縮です。でも空き時間のほとんどをバイトに費やしつつ、それでもいい点数を取っている春幸君《はるゆき》も十分凄《すご》いですよ」

「そう言ってもらえると頑張ってきた甲斐《かい》があるけど……」

「どうしました？　今回の範囲で何か不安が？」

「そう、だな。二年になっていきなり勉強の難しさが上がって、去年通りにバイトを入れていたせいで少し間に合わなくなっている感じがある」

「ああ、なるほど」

多分赤点は取らないだろうけど、平均点はだいぶ下がってしまうだろう。

仕方ない部分もあるとは言え、正直両立できなくなり始めていた自分が情けない。

「春幸君《はるゆき》のスケジュールは一般的な高校生には完全に持て余すものでした。そんな中でも成績を取り返しのつかない段階まで落とさなかったのは、素直に素晴らしいことだと思います。春《は》幸君《ゆき》は胸を張っていいんですよ？」

「……また顔に出てたか」

「いいえ、春幸君《はるゆき》なら自分のことを責めてしまっているんだろうと思っただけです」

そんな馬鹿な――――。

「やっぱり冬季《ふゆき》はエスパーなんじゃないのか？」

「さて、それはどうでしょうね」

からかうような笑みを浮かべ、楽しそうにしている冬季《ふゆき》。

うん、やっぱりどうしようもなく可愛《かわい》いな。

「よろしければ、今回の中間テスト対策として一緒に勉強しませんか？　分からないところがあれば教えられますし」

「でもそれじゃ冬季《ふゆき》の勉強が……」

「学年一位の私の心配は無用ですよ。そもそもテスト前にほとんど勉強しませんし」

「そ、それで学年一位が取れるのか？」

「授業内容と教科書を丸暗記してますからね。分からない問題は基本ありません」

途方もない話だ。

高校の教科書は分厚いだけでなく一ページに含まれる内容も濃いというのに。

「仕事も今は忙しいというわけではないですし、夕食後の時間ならいつでも大丈夫ですから、ぜひ春幸《はるゆき》君には私を頼っていただきたいです」

「そういうことなら、お言葉に甘えさせてもらうよ」

「はいっ！　ふふふ……春幸《はるゆき》君と夜な夜なお勉強……とても魅惑的ですね」

何やらよからぬ方向に思考が飛んで行ってしまっているように見える。

そんな風に話していると、そろそろ大通りが見えてきた。

俺たちと同じ制服を着た学生がぞろぞろと歩いているため、ここから先は俺たちも離れて歩かなければならない。

「……ここで一旦お別れですか」

「そうなるな」

「不満です」

「そんな直球で不満を投げつけてくる人初めて見たな」

口で言うだけでなく、冬季《ふゆき》は頬を膨らませて露骨に残念がっていた。

普段は大人びた頼り甲斐《がい》のある存在なのに、こういう風に時々子供らしい部分を見せられると、何だか安心する。

「では……お先に失礼しますね。また学校で会いましょう」

「ああ、また」

冬季《ふゆき》はそのまま大通りへ。

そして俺は脇道を進み、別の角から大通りに合流する。

俺の歩く少し先。

そこには先ほど別れたばかりの冬季《ふゆき》が歩いていた。

目立つ髪色であることもそうなのだが、姿勢や佇《たたず》まい、それらすべてが高校生離れした美しさを持っている。

道行くサラリーマンが彼女とすれ違う度、思わず振り返ってしまう様子が目に入った。

その気持ちはよく分かる、

「ねぇ、あれ東条《とうじょう》先輩だよね？」

「本当だ……！　朝から会えるなんてラッキーすぎない⁉」

「ねっ！　めっちゃスタイルいい……」

「顔なんて直視できないレベルで綺麗《きれい》だよね」

「分かるー！」

近くを歩いていたおそらく後輩であろう女子たちの会話が聞こえてきた。

やはり学校内における彼女の知名度は計り知れない。

それだけ東条冬季《とうじょうふゆき》という人間が魅力的で、皆が憧れる存在ということだ。

（それに比べて俺は……）

俺はおもむろに自分の手を見下ろす。

果たして俺は本当に彼女の側にいていいのだろうか？

冬季《ふゆき》だって、いつ俺を見放してもおかしくは――。

（……よそう）

他人の考えを決めつけるなんて、それこそ失礼だ。

俺はマイナスな考えを振り払い、学校へと歩を進める。

特に何事もなく教室までたどり着いた俺は、自分の席に座って一限の授業の準備をしていた。

一日休んでしまったが、冬季《ふゆき》のおかげでノートはばっちりだし、多分内容にもついて行ける。

「よっ、ハル」

そうしていると、横から聞き慣れた声が聞こえてきた。

「ん、雅也《まさや》か。おはよう」

「おう。体調不良って聞いたけど、大丈夫なのか？」

「ああ。おかげさまで問題ない」

「ならいいけどよ」

俺の前の席に座ったこの男は、西野《にしの》雅也《まさや》。

中学時代からの数少ない俺の友人であり、俺の生活事情を知る人物でもある。

俺にとっては、現状一番信頼している相手と言っても過言ではない。

「お前なぁ……寝る間も惜しむような状態で働きまくってたからそうなるんだよ。頼むからあんまり無茶すんな。ウチの母ちゃんだって一部屋くらい貸せるって言ってるしさ、少しは楽しろって」

「提案はありがたいんだけどさ……」

前々から、雅也《まさや》の家は俺のことを気にかけ続けてくれていた。

それがどれだけありがたいことかは理解しているつもりだけど、どうにも頼り切れないというか、申し訳なさが勝ってしまうというか。

恥ずかしくて中々本人には言えないが、できれば雅也《まさや》とは対等の立場にいたいのだ。

負い目を感じながら接したくないというか、まあ、結局これも俺の身勝手な考えである。

「相変わらず頼るのが下手くそだな、ハルは」

「苦手っていうか……うん、そうなのかもしれない」

「次に体調を崩すようなことがあれば……その時はぶん殴ってでも止めてやるからな」

「……わかったよ」

俺が受け入れたのを見て、雅也《まさや》は満足げに頷《うなず》く。

今思えばという話になるが、こういう強引な部分は冬季《ふゆき》に少し似ているかもしれない。

近いうちに、彼女のことは雅也《まさや》にも話すべきだろう。

口が軽い男ではないし、大事な友人だからこそこれ以上心配させたくない。

「そういや、今日の一限目は数学だけど、大丈夫か？」

「ん、何がだ？」

「昨日新しい公式の授業だったから、割と置いてきぼりをくらいそうだなって」

「ああ、それなら大丈夫だ。昨日冬季《ふゆき》にノートを……」

――あ。

「〝ふゆき〟に、ノートを？」

冬季《ふゆき》のことを考えながら喋《しゃべ》っていたせいで、口が滑った。

二人で周りには秘密にすると決めたのに、まだ登校してきて五分も経《た》っていない。

油断大敵。自分の迂闊《うかつ》さに対し、思わずため息が漏れる。

「んー？　どういうことなのかなー？　ハールーくん？」

「後で話す……絶対周りに言うなよ」

「分かってるって」

冬季《ふゆき》には放課後謝ろう。

うん、誠心誠意謝ろう。

◇◆◇

「はぁ～、なるほどね。あの東条《とうじょう》さんから婚約を迫られていると」

「まあ……そういうわけなんだけど」

昼休み。

教室の隅で周りを気にしながら、俺は雅也《まさや》にことの顚末《てんまつ》を話した。

すべてを聞き終わった雅也《まさや》は、華やかなグループの人間に囲まれた冬季《ふゆき》を見て、それから俺を見比べる。

「ふーん……ま、いいんじゃねぇの？」

「何がだよ……」

「これくらいの幸せはあっていいんじゃねぇのってことだよ。じゃねぇと……お前の人生、割に合わねぇって」

雅也《まさや》からこう言ってもらえることで、俺の心は少しばかり救われたような気がした。

こんな恵まれた環境に俺のような人間がいていいのかというネガティブな考えが、少しずつ薄れていく。

「羨ましいっちゃ羨ましいけどな！　だってあの学校のアイドルみたいな人の手料理が毎日食べられて、毎日一緒に過ごせるんだろ？　お前マジで他の男子に知られたら殺されるぜ？　俺はもう心に決めた女がいるからいいけどよ」

「それくらいは俺でも理解してる。……そう言えば、お前もお前で畦山《あぜやま》さんとは会えてるのか？」

「ん？　まあ今は厳しいって感じだな。高校は向こうの親の都合で遠くになっちまったけど、大学はこっちの学校を受ける予定らしいから、それまでの辛抱ってところだ」

畦山《あぜやま》さんとは、雅也《まさや》が中学の頃から付き合っている女の子の名前である。

大切な彼女の話をする時、雅也《まさや》の表情はいつも優しい。

短く切り揃《そろ》えた短髪は男らしく、顔も整っていることに加えてバスケ部のエースでもある。

当然何人もの女の子からアプローチを受けているものの、雅也《まさや》が彼女たちに振り向くことは絶対にない。

こいつが表情を和らげるのは、その畦山《あぜやま》さんの前でだけだからだ。

——俺の前でも割とコロコロ表情を変えるけれど、これも何だか恥ずかしいので指摘しないでおく。

「んで、皆の憧れの彼女が作る弁当ってのはどんなもんなのか、ちょっと見せてくれよ」

ニヤニヤと詰め寄ってくる雅也《まさや》に対して若干の見せたくなさが芽生えたが、どのみち目の前で食べざるを得ないわけで。

一つのため息とともに弁当箱を開けば、雅也《まさや》は感嘆の声をもらした。

「おお……イメージに違わずちゃんとすげぇな」

「俺もそう思うよ」

今日も今日とて、彼女の弁当は素晴らしい出来栄《できば》えだった。

俺が気に入ったと伝えた卵焼きや、アスパラの豚肉巻き、筑前煮《ちくぜんに》。

そして彩《いろど》りと野菜要員としてブロッコリーとミニトマト。

ご飯の上にはカツオのふりかけがかかっており、色合いだけでも食欲をそそる。

「こうなんつーか……飛び抜けて特別感があるわけでもないっていうか……そういうのがいいよな」

「言いたいことは分かる」

言い方は悪くなるが、東条《とうじょう》さんの弁当は程よく庶民的なのだ。

金があるからと高い食材を使うのではなく、リーズナブルな食材たちに対して手間を惜しまないことで、全体的なクオリティを上げているというか――俺は専門家じゃないし、詳しいことは分からないけれど、ただそう感じてはいる。

いただきますと一言告げた後、昨日と同じように卵焼きから手を付けてみた。

やはりこの優しい甘みがたまらない。

アスパラの肉巻きにもよく合っており、別々でも一緒に食べても箸が止まらなくなる。

「……嬉《うれ》しいねぇ。我が友の魅力に気づく女が現れてくれて」

「何だよ、言い方が気持ち悪いぞ？」

「わりぃわりぃ。けど、人一倍優しくて気が利《き》くお前がさ、時間がないからって青春を楽しめないってのは前々から世知辛いなぁって思ってたんだよ」

余計なお世話――と言いたいところだったが、確かに俺は学生らしい生活ができているとは言えなかった。

雅也《まさや》としては、気遣わずにはいられない状況だったんだろう。

それに関しては申し訳ないとすら思う。

「ともかくよかったじゃねぇか。これで無理にバイトしなくて済むんだし、今までできなかったこととかやってみようぜ」

「今までできなかったことか……例えば何だろうな」

「そりゃぁ俺と遊びに行くとかだろ」

「確かに今までできなかったことだけどさ」

「おいおい、もっと喜べって！　無理と分かっているのに俺が何度お前を誘ったことか！　これからはめちゃくちゃ遊べるってことだろ⁉」

前々から誘いを断っていたのは悪いと思っているし、これからは放課後も雅也《まさや》と騒げるというのは喜ばしいことであるはずなんだけれど、俺自身はいまいちノリ切れていなかった。

放課後と言えば東条《とうじょう》さんが仕事をする時間なわけで、その間俺が遊び惚《ほう》けているというのはいかがなものかと思ってしまう。

「まあ無理に誘うつもりもねぇけど、テスト明けくらいはパーッと遊んだっていいんじゃねぇか？　どうせなら打ち上げがてら徹夜カラオケでも――――うおっ⁉」

「ん？」

突然仰《の》け反《ぞ》るようにして驚いた雅也《まさや》が、俺の後ろを指差す。

思わず振り返れば、そこにはニコニコと笑う冬季《ふゆき》が立っていた。

何だろう、確かに笑顔なはずなのに、妙な威圧感を感じる。

「春幸《はるゆき》君、昨日は体調を崩してたみたいだけど、今日は元気そうですね」

「あ、ああ……おかげさまで」

「安心しました。昨日の授業のことで聞きたいことがあれば、いつでも頼ってくださいね？」

「……ありがとう、ございます」

若干の冷や汗をかきながら、自分の席に戻っていく彼女の背中を見送る。

どこから聞いていたのだろうか？

遊びに行くという部分を聞いて、やはり多少なりとも不快に感じたのかもしれない。

後で謝罪をしなければ——と考え始めたところで、俺のスマホが何やらラインを受信した。

相手は、たった今俺たちの前から去っていった彼女である。

『ご友人と遊びに行くこと自体はまったくもって問題ないのですが、二十時までには帰ってきてくださると嬉《うれ》しいです。あと、できるだけ夕飯は外で食べないでくださいね？』

横目で冬季《ふゆき》に視線を送れば、彼女は柔らかい笑顔を返してくれた。

思わずホッと胸を撫《な》で下《お》ろす。

意外と遊びに行くこと自体は問題ないらしい。

俺としても東条《とうじょう》さんの夕飯が食べられなくなるのは避けたいことだし、この部分に関しても破ることはないだろう。

「もしかして……怒られた？」

「い、いや、二十時までに帰ってくるなら問題ないって。それと夕食は家で食べるから、外食はしないって約束をした」

「ま、まあ妥当じゃねぇか？　俺も変なノリで引っ張り回さねぇようにするからよ……」

すっかり雅也《まさや》が怯《おび》えてしまっている。

さすが東条冬季《とうじょうふゆき》。笑顔一つで人の心を折ってしまった。

打ち上げには絶対付き合ってやろう。

それが俺にできる唯一のアフターケアだと思うから。

◇◆◇

「東条《とうじょう》さんと稲森《いなもり》君って、仲良かったっけ？」

「え？」

「いやさ、何だか気にかけているみたいだし……」

いつも私とお昼ご飯を食べている佐藤《さとう》さんからそんなことを言われ、やましいことはしていないつもりなのに思わず心臓が跳ねた。

私も含め、女子というのは想像以上に勘が鋭い。

「もしかして、稲森《いなもり》に気があったり～？」

「えー!? でも彼ちょっと地味っていうか……」

「まあ東条《とうじょう》さんとは釣り合わなそうだよねぇ」

私は口元を押さえながら、笑顔のフリをする。

今話している吉田《よしだ》さんと佐藤《さとう》さんは、果たして私と春幸《はるゆき》君の何を知っているのだろう？

釣り合うとか釣り合わないとか、誰が相手でも考えたことはない。

というか、春幸《はるゆき》君が相手になるならむしろ私の方こそ釣り合わないとすら感じます。

「……てゆーかさ、そもそもの話、東条《とうじょう》さんって恋愛とか興味あるの？」

「恋愛に、ですか」

「うん。だってこの前サッカー部のエースの足立《あだち》君に告られてたでしょ？」

足立《あだち》――ああ、あのわざわざ校舎裏に私を呼び出した彼のことですか。

「その話も断ったみたいだし、東条《とうじょう》さんって誰かと付き合おうとか思ってるのかなーって」

「えー!? あの足立《あだち》君!? すんごい女子人気があるんだよ!?」

佐藤《さとう》さんはそう言うけれど、興味がなさ過ぎてリアクションが取りにくい。

確かに顔の造形などは整っていましたが、まあ、それ以外に何も感じなかったというか。

「別に恋愛に興味がないわけではないのですが……あまり好みには合わなかったというか」

「じゃ、じゃあ！　やっぱり稲森《いなもり》みたいなちょっと地味目な感じの奴《やつ》がタイプ⁉」

彼のことを地味目な奴《やつ》だなんて、吉田《よしだ》さんはなんにも分かってない。

いや、分からなくて結構なんですけど、何度も悪い意味で地味だ地味だと言われるとさすがに腹が立ちます。

できることなら、彼のいいところを無理やり吹き込んで一生忘れなくさせたい。

でもそうすると余計なライバルが増えてしまう可能性があるので、これもまた我慢します。

ああ、ここまで来ると自分を我慢強い女だと褒《ほ》め称《たた》えたくなってしまいますね。

「……まあ、派手な見た目をした方よりは落ち着いている方が好ましくは感じますけども」

「ふーん、意外かも」

何が意外なのでしょう？　そこまで私はあなた方に異性の好みを語ったことがあったでしょうか？

――と、捲《まく》し立《た》てたいところですが、場の空気をいたずらに乱すほど無鉄砲な人間ではないので、ここは我慢します。

私たちは、傍《はた》から見れば一つのグループのようになっていることでしょう。

しかし、私の心はこの場では決して休まらない。

吉田《よしだ》さんと佐藤《さとう》さんは私を友人として慕ってくれてはいますけど、そこには多くの下心が含まれています。

〝東条冬季《とうじょうふゆき》〟と友人関係であることを一種のステータスのように感じているところとか、中学時代の友人とよく似ていると言っても過言ではありません。

それと同時に、時たま私への強い嫉妬を感じる時があります。

まあ私は誰がどう見ても美少女ですし、スポーツ万能頭脳明晰《めいせき》に加えて家も大企業ですし、羨まれるのも仕方ありません。

仕方ありませんが、だからと言って甘んじて受け入れられるわけもなく。

ただ私にも周囲からのイメージというものがありますので、下手な波風は立てられません。

だから私は、彼女たちとの関係を良好に保つために努力するのです。

はりぼてだらけの醜い友情。

感情を押し殺しながら愛想笑《あいそわら》いでつなぎ止めるこの関係性は、きっと健全なものとは言えないでしょう。

早く春幸《はるゆき》君との愛の巣に帰りたい。

帰ったら肉体的な距離感をちょっと詰めてみましょう。

このままでは春幸《はるゆき》君成分が足りません。

「……東条《とうじょう》さん、どうしたの？　さっきからニヤニヤしてるけど」

「え⁉　あ、ああ……何でもありません。お気にならさず」

「そう？　何もないなら別にいいけど……」

危ない危ない。

吉田《よしだ》さんに指摘されるまで、自分の口角すらコントロールできなくなっていました。

やっぱりこれは春幸君《はるゆきくん》成分が足りないからです。

この後帰宅次第春幸君《はるゆきくん》のことをぎゅぅっと抱きしめて――っと、いけない。

またニヤけてしまいそうになりました。

一旦冷静にならなければなりませんね。

しかしこのままでは色々と支障が出てしまいます。

こうなったら、放課後は彼のバイトが終わるまで近くで待っていましょう。

そうすれば帰り道からご一緒できますからね。

あ、別に私は春幸君《はるゆきくん》のことをストーキングしようだなんて思ってませんよ？　本当ですよ？

■05：甘えていいってことですか？

「え⁉　一か月バイトを休みたい⁉」

俺がバイトを終えた後、バックヤードに間宮《まみや》店長の驚愕《きょうがく》の声が響いた。

「は、はい……申し訳ないんですけど、色々事情がありまして」

「うーん……君には色々あるってことは分かってるし、まあ深くは聞かないけどさぁ」

困ったように腕を組む間宮《まみや》店長を見て、俺の胸に罪悪感が湧き出てくる。

この人は、高校に上がったばかりの俺を雇ってくれた恩人のような人だ。

年齢は確か三十手前で、いつも何となく疲れているように見えるが、顔立ちは整っており十分美人と言える。

一つに縛った黒髪のポニーテールは若干荒れているものの、きちんと手入れすればきっと艶《つや》やかな美しさを取り戻すことだろう。

まだまだ若いのにこのコンビニの店長を任されていることや、仕事や従業員に誠実なところは俺も尊敬している――――が。

暇さえあれば結婚して仕事を辞めたいと愚痴ることだけは、正直やめてほしい。

「んー……まあ一か月くらいなら何とかなるか。いいよ。ここは大人である私が折れてあげよう」

「あ、ありがとうございます！」

「ていうかさ、そのまま辞めちゃうってことはないよね？」

「え？」

「自分で理解しているかどうかは分からないけど、稲森《いなもり》って結構お客さんから評判いいんだよ？　もちろん私や同僚からの評価も高いしね。目に見えて仕事ができるって感じじゃないけど、細かいところに気が利《き》くっていうかさ」

「そう、ですかね？」

「無意識なら無意識でいいんだけど、それはともかくとして、私としては君を手放したくないんだよねぇ」

店長からそう言ってもらえると、自然と心が浮かれてしまう。

しかし今はそういうことではない。

ちゃんとはっきり今後の動きについて伝えなければならないのだ。

「店長さえ許してくれるのであれば、まだ働かせていただきたいと思っています。シフトの数は減りますが……受けた恩はまだ返しきれていませんし、必要としていただける限りはここで尽くしたいです」

俺が冬季《ふゆき》と出会うまで生きていられた理由の一つは、間違いなくこのバイト先にある。

シフトや時給に融通を利《き》かせてもらえることや、新人の時に丁寧に仕事を教えてくれたこと。

そういった環境に恵まれたことが、俺を救ってくれたんだ。

その恩を返したい。

たとえこの先冬季《ふゆき》と本格的に暮らすようになって、バイトを辞めてほしいと言われたとしても、ここだけは多分譲れないだろう。

どちらが大事とかそういう話ではなく、恩を仇《あだ》で返すことを決して許せない俺の性格の問題だ。

「ん、そういうことなら安心した。じゃあ明日からの一か月間は休みってことにしておくよ。また一か月後にシフト出しに来てね」

「ありがとうございます！」

「まあ私は結局のところ大きな不都合はないんだけどさ、あいつには事情を説明しとかないと後が怖いんじゃない？」

「あ、あいつですか……」

頭の中に、ドジな後輩の姿が思い浮かぶ。

確かに彼女は俺を先輩として慕ってくれていた。

もしかすると、俺が来なくなったことでバイト中に何かミスをするかもしれない。

かなり心配だが——そもそもミスしなくなってもらわなければ困るという話であり、どうか独り立ちしてほしいという願いを込めて、ここで俺がバイトに来なくなることはいい機会だと思おう。

「君の方からも頑張るよう言っておいてくれよ。あの子、君の言うことは素直に聞くし」

「はい……休むことを伝えるついでに言っておきます」

「ありがと。じゃあ、また一か月後に。あ、客として来るなら大歓迎だからね！」

店長に対して一礼して、俺はコンビニを後にする。

すっかり暗くなった空を見上げ、軽く息を吐いた。

明日から一か月間もバイトを休むことになったわけだが、何だか現実感がない。

これまでずっと働き詰めだったし、急に解放されたとしても体が切り替わらないというか。

（……ひとまずは中間テストに集中だな）

学生としては敵でしかない中間テストも、今ばかりはありがたいとすら思う。

目標があれば、無気力にならずに済むから。

「……バイト、終わったみたいですね」

その時、この場にはいないはずの人間の声が聞こえ、思わずそちらに視線を向ける。

「冬季《ふゆき》……」

「えへへ、どうしても一緒に帰りたくて、ついバイトが終わるまで待ってしまいました」

どこか照れたように笑う彼女は、上機嫌のまま俺の隣に立つ。

「待ってたって……結構長い時間だったはずだけど」

「あ、ここで待ち続けていたわけじゃないですよ？　ちゃんと近くの喫茶店に入って、コーヒーを飲みながら時間を潰してたんです」

それならまだよかった。

暖かくなってきたとは言え、五月の夕方は少し冷える。

「朝陽《あさひ》にはちょっとだけ止められたんですが、今日だけはということで許してもらいました」

「え……何を？」

「春幸君《はるゆき》と二人っきりで帰ることを、です。ずっと憧れていたんですよ、二人で電車に乗って帰ることに」

なるほど。確かに日野《ひの》さんの立場だと、冬季《ふゆき》には公共の乗り物に乗ってほしくないはずだ。

そこを雇い主の権力で強引に言い聞かせたのだろう。

「……ただ、こちらも条件を呑《の》まされましたけどね」

冬季《ふゆき》が歩道の先を目線で示す。

そこには、冬季《ふゆき》を見守る日野《ひの》さんの姿があった。

「なるほど、妥協してこの距離か」

「そういうことです。まあ、このくらいなら私としても気になりませんからね」

では、行きましょうか――。

そう告げると同時に、彼女は俺の腕に自分の腕を絡《から》ませてくる。

柔らかな感触と、自然と嗅ぎたくなってしまう優しい匂いが広がり、もはやお約束かのように俺の顔は赤くなった。

「ふふっ、これまでこういった恋人らしいことの経験がなかったので、今すごく楽しいです」

「そ、それはよかった……」

「春幸《はるゆき》君は……楽しくないですか？」

「楽しくないってわけじゃないんだけど……」

俺はさっきから周囲が気になって仕方なかった。

すれ違う人々のほとんどが、冬季《ふゆき》に目を奪われている。

見た目だけでもそれだけの魅力があるからだ。

しかし彼らは、隣にいる俺に気づいた途端に訝《いぶか》しげな顔をする。

おそらく俺のような人間が冬季《ふゆき》と腕を組んでいることが、到底信じられないのだろう。

その気持ちは、本人である俺ですら理解できる。

「……堂々としていてください、春幸《はるゆき》君。あなたは誰が何と言おうと魅力的な男性です」

「また……顔に出てたか？」

「はい、それはもうバッチリと。あなたはずっとそのままでいいんです。周りの視線なんて気にするだけ無駄ですよ。あなたの魅力は、私だけが知っていればいいんですから」

冗談でも何でもなく、冬季《ふゆき》はそう言い切った。

彼女の言葉には、不思議な力がある。

自然と信じてしまうというか、頼ってしまいたくなるというか。

こうして自信に満《み》ち溢《あふ》れている彼女の姿は、やはりどこか輝いて見えた。


腕を組んだまま、駅の中へと入って行く。

幸い、周りに同じ制服を着た学生の姿はない。

部活も終わっている時間だし、皆すでに帰宅済みなのだろう。

「電車に乗るのは久しぶりなので、少しドキドキしますね」

冬季《ふゆき》曰《いわ》く、幼い頃から日野さんを含めた使用人たちによる車での送迎が基本で、電車に乗る経験なんて学校での行事の時くらいだったらしい。

少なくとも高校生になってからは一度も乗っていなかったようだ。

電車に乗ることなど基本的には特別なことではないし、別に何かを意識するようなことはない。

ただ、一つだけ懸念《けねん》していることがあった。

「うっ……！」

電車に乗り込んだ途端、同時に多くの人間が雪崩《なだ》れ込むようにして乗り込み、俺たちの体を圧迫する。

いわゆる退勤ラッシュというやつだ。

「冬季《ふゆき》、手を離さないでくれ」

「は、はい！」

周りの人に申し訳なく思いつつ、彼女の手を強く引いて自分の体の手前側に移動させる。

そして壁際《かべぎわ》まで寄った東条《とうじょう》さんに負担がかからないよう、俺は腕を突っ張り棒の代わりにして彼女の体を囲った。

背中にかなりの圧力を感じるが、東条《とうじょう》さんが潰れてしまうよりはよっぽどマシだろう。

「だ……大丈夫ですか？　春幸君《はるゆきくん》」

「ああ、問題ないよ」

などと口では言いつつ、後ろの人が想像以上に寄りかかってきているせいか、手首の辺りに痛みが生じ始めた。

普段の生活では使わない筋肉を使っている感覚があり、無意識のまま手がプルプルと震えてしまう。

「……春幸君《はるゆきくん》、肘を曲げてもいいですよ」

「え？」

「手のひらじゃなくて肘で支えるようにすれば、もう少し楽になると思いますから」

東条《とうじょう》さんの手が、そっと俺の腰へと回される。

その過程で背中から脇腹の辺りを彼女の手がそっと撫《な》でた瞬間、ぞくっとした快感が背筋を駆け抜け、思わず力が抜けた。

「あっ――――」

とっさに肘をついて冬季《ふゆき》の体に圧力をかけてしまうような事態は免《まぬが》れたものの、結局彼女の提案するままの形になってしまった。

ドクンと心臓が跳ねる。

冬季《ふゆき》の顔が、俺の肘と肘の間にあった。

俺の方が身長が高いせいで自然と彼女は上目遣いになり、その可愛《かわい》らしさに思わず抱きしめたくなってしまうほどの欲求が心の底から湧き上がる。

「春幸《はるゆき》君は本当に優しい人ですね。自分もすごく辛《つら》いはずなのに、私の方ばかり気遣って……もっと、私の方に体重をかけてしまってもいいんですよ？」

そんなことを言いながら、冬季《ふゆき》は俺の腰に回した手に少しだけ力を込める。

俺と彼女の間にあった隙間は徐々に徐々に縮まり、胸板の下に柔らかい感触が触れた。

「ほら、もう少し」

ベッドの上で今以上に密着したことだってあるのに、公共の場であるせいか、妙な背徳感を覚えてしまう。

ああ――これは本当に駄目なやつだ。

まるで光に虫が引き寄せられるかのように、俺はいつの間にか彼女の体に密着してしまっていた。

制服越しの膨らみの柔らかさを体の前面で味わいながら、背丈の違いのせいで俺の顔は彼女の髪に埋まる。

美しい銀髪が口周りに当たり、ちょっとくすぐったい。

「すんすん……ふふっ、春幸《はるゆき》君の匂いがします」

そんなことを言いながら、冬季《ふゆき》は俺の胸元に顔を埋める。

「男らしくて、うっとりする匂いです」

「や……やめてくれ……」

電車の中での数分間。

どこかへ消し飛びそうになる理性を、俺はただただ必死に保ち続けていた。

◇◆◇

「さて、ではテスト勉強の時間にしましょうか」

夕食と入浴を済ませた後、そんな冬季《ふゆき》の提案によって、俺はノートと睨《にら》めっこする時間を過ごしていた。

「ここの公式がこっちでも使えるので、あとは全部同じ解き方で大丈夫です」

「……本当だ。ありがとう」

「いいえ。これが解けるようになれば、このテスト範囲はかなり楽になりますよ」

冬季《ふゆき》の教え方はかなり上手《うま》かった。

分からないところがあればヒントをくれて、それを解くことができるようになればそのままの流れで似た問題を解かせる。

この流れのおかげで、理解した解き方を忘れずに済むようになった。

そこからは反復と応用。

俺が問題を解いている間、冬季《ふゆき》は書類仕事を淡々とこなしていた。

リビングには、足を組み替えたり揺らしたりする衣擦《きぬず》れの音と、シャーペンが紙の上を走る音だけが響いている。

こういう静かな時間は好きだ。

余計なことを考えず、ただ目の前のことに集中できるから――。

「……そうだ、春幸《はるゆき》君」

「ん？」

「テストが終わったら、休日を一日いただけませんか？」

「それはもちろん構わないけど」

「ふふっ、ありがとうございます。テスト終わりのご褒美《ほうび》として、色々と買い物に行きたいと思っていたんです」

「あー……服でも買いに行くってことか」

「はい。私の服と、春幸《はるゆき》君の服を」

「なるほど、俺の服も……え？」

思わずノートから顔を上げてしまう。

ニコニコとした冬季《ふゆき》と目が合い、俺は今彼女が言った言葉が言い間違えでも何でもないということを察した。

「俺の服？　どうして？」

「え？　私が買いたいからですけど……」

「す、すまない……本当に意味が分からない」

「うー、そうですねぇ……ほら、推しに対して貢《みつ》ぎたくなることってありませんか？」

推しというのがよく分からない。

そして貢《みつ》ぐという言葉にそこまでいい印象もない。

「と、も、か、く！　テストを乗り切ったご褒美《ほうび》として、春幸《はるゆき》君の服をたくさん買ってあげたいんです！　可能なら私の好みに合わせた物を！」

「いや……でも申し訳ないし」

「春幸《はるゆき》君が申し訳なく思う必要はどこにもありません！　むしろこれから私の着せ替え人形にされると思えば、正当な対価と言えませんか？」

「え、えっと……」

「私に言わせれば、これはある種の人体実験……被検体である春幸《はるゆき》君には、それなりの報酬が支払われて当然なのです！」

頭が混乱していた。

冬季《ふゆき》は何を言っているのだろう？

「それとも、私からの施しは受けられませんか……？」

「いや……そういうわけじゃ……」

「ならば！　ぜひ私と服を買いに行きましょう！」

勢いに押され、思わず頷《うなず》いてしまう。

何が彼女をこれほどまでに熱くさせているのかまったく分からず、どうにも混乱が落ち着きそうにもないけれど、まあ二人で買い物に行けるという部分だけを見たら断る理由なんてどこにもないし、これでよかったのだろう。きっと。分からないけど。

「ふふっ、楽しみですね、初デート」

「で、デート⁉」

「だってそうでしょう？　休日に二人でお出かけするなんて、デート以外の何物でもありませんよ」

「そ、そうか……デートか」

「もしかして春幸《はるゆき》君、デートも初めてですか？」

「そりゃ、誰かと付き合ったこともないし、初めてだけど」

「ふふっ、奇遇ですね。私も初めてなんです」

冬季《ふゆき》は照れた様子で、頬を掻《か》く。

普段は余裕に溢《あふ》れた彼女のこういう部分を見てしまうと、そのギャップのせいか変に心臓が跳ねてしまう。

それにこういう時の冬季《ふゆき》は、変な嘘《うそ》はつかない――――気がする。

だからからかわれる心配も少ない――――気がする。

「楽しみましょうね、お互いの初デート」

「……ああ」

「おや？　何だかんだ春幸《はるゆき》君も乗り気になってきたみたいですね」

「まあ、婚約するとかそういう話は別にして、冬季《ふゆき》と一緒にいる時間は楽しいからな」

思いのほかコロコロと変わる冬季《ふゆき》の表情は、見ていて飽きない。

それに彼女の言葉は俺に元気をくれる。

少なくとも、俺の心が東条冬季《とうじょうふゆき》に惹《ひ》かれつつあるのは事実だった。

そもそも彼女からの求婚を断る理由の方が薄いし、ある意味必然的な状況であると言える。

唯一存在する大きな壁は、俺の覚悟だ。

彼女自身から感じる覚悟に見合った物を、俺はまだ用意できていない。

「……どうしましょう。泣きそうです」

「え⁉」

勉強に戻ろうとした瞬間。

冬季《ふゆき》は突然目を潤ませ、俺を見ていた。

何か彼女を傷つけるようなことを言ってしまっただろうか？

俺があたふたし始めたのを見た冬季《ふゆき》は、ふるふると首を横に振る。

「いえ、その……急に春幸《はるゆき》君が私と一緒にいて楽しいだなんて言うものですから……感極まってしまって」

「あ、ああ、そういうことか。何か俺が傷つけるようなことを言ってしまったのかと思った」

「ふふっ、たとえ傷ついたとしても、春幸《はるゆき》君の前で泣いたりはしませんよ。ご迷惑になってしまうでしょうし」

「――それは違うだろ」

「へ？」

「相手から傷つけられたのに、自分を抑える必要はないと思う。嫌なことされたら嫌と言っていいいし、怒っていいいし、泣いていいいんじゃないか？」

状況にもよるけど、なんて野暮なことは言わない。

今は俺と冬季《ふゆき》の話をしている。

「俺は冬季《ふゆき》のことを傷つけるつもりなんてないけど、もしかしたら無意識のうちに口にした言葉が君を傷つけてしまうかもしれない。そういう時に我慢されたら、俺は今後もその言葉を口にし続けてしまうかもしれないだろ？　知らず知らずのうちに冬季《ふゆき》を傷つけて謝ることすらできないなんて、想像もしたくない」

「春幸《はるゆき》君……」

「だから、迷惑なんて言わないでくれ」

もしかすると、冬季《ふゆき》は最初から冗談気味に言っただけかもしれない。

だとしても俺は、それを冗談として流すことはできなかっただろう。

我ながらつまらない人間だと思う。

けどこのことでつまらない人間だと言われても、俺は別に構わなかった。

「――ふぅ、春幸《はるゆき》君には敵《かな》いませんね。一つ屋根の下で暮らすようになってから、増々《ますます》魅力的になっていくとは恐れ入りました」

冬季《ふゆき》は目元を拭うと、どこか呆《あき》れたように笑った。

「つまるところ……私はもっと春幸君《はるゆき》に甘えていいってことですか？」

「ん……？　あ、ああ、そういうことになるか」

感情を素直に伝えるということは、確かに甘えることと同義。

俺の思っていたニュアンスとは若干違うが、まあ細かいことはいいだろう。

「なるほどなるほど。では言質《げんち》もいただいたことですし、隣失礼しますね？」

「え？」

冬季《ふゆき》は書類をテーブルの上に置くと、立ち上がって俺の隣に移動する。

それを目で追うことしかできなかった俺の隣に、彼女はちょこんと腰掛けた。

「せっかく許可いただいたことですし、思う存分春幸君《はるゆき》の隣を楽しませていただくことにしました。春幸君《はるゆき》はどうぞそのまま勉強を続けてください」

「ああ……」

横に座った冬季《ふゆき》から、風呂《ふろ》上りのシャンプーの香りがした。

意識が一瞬揺らいだものの、俺のやるべきことは勉強。

時間を無駄にしないためにも、ここできちんと集中して――――。

「うっ⁉」

「あれ、どうかしましたか？」

「い、いや……」

冬季《ふゆき》の体が、ぴったりと密着してくる。

制服とは違う薄手の部屋着を着ているせいで、彼女の温《ぬく》もりと柔らかさが鮮明に感じられた。

腹の底から煩悩《ぼんのう》が溢《あふ》れ出《だ》し、集中力があっという間に霧散する。

「冬季《ふゆき》、ちょっと離れてほしいんだけど……」

「え、どうしてですか……？　甘えていいと言ってくれたのは春幸《はるゆき》君ですよ……？」

「そうだけどっ」

冬季《ふゆき》の方に顔を向ける。

すると彼女は、俺の顔を覗《のぞ》き込んだ状態で楽しげな笑みを浮かべていた。

ここで俺は理解する。

「ま、またからかわれたのか……」

「ふふっ、すみません、照れ隠しです。増々春幸《ますますはるゆき》君のことが好きになってしまったので、思わず襲い掛かってしまう前に冷静さを取り戻したかったので」

「からかうことで冷静になれるのか？」

「はいっ、おかげさまで自分のペースを取り戻せました」

冬季《ふゆき》はそう言いつつ、俺から離れて元の位置へと戻る。

やはり彼女には敵《かな》わない。
一瞬優位に立てたかと思いきや、またこうして逆転されてしまった。
しかし今日のところは、彼女の真っ赤な顔を見ることができただけで良しとしよう。

■06：好き好き好き

「はい、そこまで。シャーペンから手を離せー」

先生の指示通り、俺はシャーペンを机の上に置いて手を離した。

中間テスト当日。

中間テストは大きく分けて国語、数学、科学、歴史、英語の五教科のみを扱うため、日程自体は三日程度で終わる。

もちろん国語の中には現国や古典などが含まれるし、科学には物理が入ってくるため細かく分ければ十教科近くになってしまうが、それでも期末テストよりは少ないというのだから驚きだ。

「ふぅ……雅也《まさや》、手応えは――」

「死んだ」

「即答か……」

机に突っ伏して動かないところを見るに予想はできていたが、相変わらず勉強だけはできないらしい。

おそらく赤点ギリギリと言ったところだろう。

何だかんだ部活に支障を出さないための最低限の勉強はしているはずだし、去年の雅也《まさや》を見る限りでも赤点を取った経験は一度もないはずだ。

こう見えて、見かけ以上に真面目なのである。

「お前はどうだったんだよ？　愛《いと》しのあの人と一緒に勉強した成果は出たのか？」

「その言い方はやめてくれ……でも、結構手応えはあった。多分学年順位は上がるんじゃないかな」

「ほうほう。まあ一緒に勉強した相手が相手だしなぁ……さすがだわ」

本当に、冬季《ふゆき》の教え方は凄《すさ》まじく分かりやすかった。

教師になれば、ルックスも相まってとてつもない人気が出ることだろう。

青少年には目の毒かもしれないけれど。

「でもこれでようやく解放されたな！　パーッと遊びに行こうぜ！」

「ああ、久しぶりに付き合うよ」

冬季《ふゆき》にも、今日のところは雅也《まさや》を優先していいという許可をもらっている。

今まで誘いを断り続けてしまった分、その埋め合わせという部分も込めて帰りも遅くなっていいとのことだ。

というかこのやり取り、どう考えても夫婦のものに思えるのだが――――やめよう。

これ以上の想像は顔が赤くなる。

「……ハル、お前東条《とうじょう》のこと見すぎだぞ」

「へ⁉」

「まあ同じような男子は山ほどいるから不審には思われないだろうけどさ、お前はちゃんと気を付けないと危ねぇぞ？」

「わ、分かってる」

「本当にちゃんと分かってるか？　もし周りにお前らの関係がバレれば、お前はもうまともな高校生活を送れねぇかもしれないんだぞ？」

「それは……」

大袈裟《おおげさ》だ、と言いたかった。

しかし冷静に考えてみれば、二人の関係が周知された時点で俺は間違いなく恨まれることになる。

冬季《ふゆき》に好意を寄せている人間なんてそれこそ数え切れないし、常に恨みのこもった視線に晒《さら》されることはまず避けられない。

そうならないためには、俺が傍《はた》から見ても冬季《ふゆき》に相応《ふさわ》しい人間になるしか――――。

「ま、分かってるならいいんだよ。夜道で後ろから刺されましたなんてことになったら、笑いごとにもできねぇしな」

「さすがにそれはないだろ……」

「かー！　お前恋愛を分かってねぇな！　人はな、誰かを愛した時点で頭が馬鹿になっちまうんだよ。正常な判断ができなくなっちまうくらいにはな！」

「……その根拠は？」

「この前やってた昼ドラ」

「ああ、なるほどな」

実体験じゃなくて安心したよ。

◇◆◇

「――で、東条《とうじょう》との生活はどうなのよ」

「いきなりだな、ほんとに」

適当に入ったカラオケの中で、雅也《まさや》は唐突に問いかけてきた。

まあ、気になる気持ちは分かるし、噂話《うわさばなし》が大好きな雅也《まさや》がよく今まで我慢できたものだとむしろ褒めたくなる。

「どうなのって言われても……ありがたいことに、何の不自由もなく過ごさせてもらってるよ。飯も作ってくれるし、ふかふかのベッドで寝させてもらってるし」

「……お前の場合は前の生活が酷《ひど》かったもんな」

雅也《まさや》の言う通り、毎日腹がいっぱいになるほどの飯は食べられなかったし、寝床も薄いペラペラの布団《ふとん》だった。

床が畳だったからまだよかったものの、あれがフローリングだったらと思うとゾッとする。

きっと体を休めるどころか痛めつける羽目になっていたことだろう。

「まだ二週間くらいだっけ？　一年に比べたら短いかもしれねぇけどよぉ、ずいぶん顔色もよくなったよな」

「ああ、明らかに体調がよくなったんだ。慢性的な気怠《けだる》さもなくなったから、テスト勉強にも集中できたよ」

「ほほう、そいつは東条《とうじょう》様様だな――っと、俺の聞きたいのはそこじゃなくて」

雅也《まさや》は目をギラつかせながら、突然俺の方に前のめりに身を乗り出してきた。

「そんでさ、結局お前は東条《とうじょう》のことが好きになったわけ？」

「え？」

「え？　じゃねぇよ！　問題はそこだろ⁉　東条《とうじょう》との婚約を受け入れるか受け入れないか、すべてはそこにかかっている話じゃねぇか！」

「うっ」

確かに雅也《まさや》の言う通り、もっとも重要な部分はそこだ。

一か月という約束も、すでに半分が経過している。

いい加減はっきりしなければ、冬季《ふゆき》に対して失礼だ。

「で、どうなんだよ」

「……間違いなく惹《ひ》かれてはいる」

「おっ！」

元々悪い印象はなかったし、一緒にいればいるほど魅力的な部分が見えてきて、一日一日心が惹《ひ》かれていっている自覚は大いにある。

だけど初めの一週間は、この感覚を信じられないでいた。

この気持ちは、彼女の経済力に惹《ひ》かれているだけなのではないかと、ずっと自分を疑っていたんだ。

しかし今なら、それは違うと言い切れる。

「結局、俺は東条冬季《とうじょうふゆき》っていう人間に惹《ひ》かれているというか……多分今みたいに一緒に生活していなくても、彼女の内面を知る機会があったら、少なからず惹《ひ》かれていたと思う」

「――――ふーん」

興味深げな様子で、雅也《まさや》はドリンクバーから取ってきたメロンソーダを飲む。

「安心したわ。お前が東条《とうじょう》を都合のいい相手とか思ってなくて」

「そ、そんなこと思ってるわけないだろ!?」

「わーってるって、お前がそんな奴《やつ》じゃないってことくらいはさ。だけどさ、今まで散々苦労してきたわけだろ？　それがいきなり贅沢《ぜいたく》な環境に移ったら、さすがに人柄が変わっちまうんじゃないかって心配でさ」

——悪かったよ。

そう一言、雅也《まさや》は俺に告げた。

「……何だよ、その謝罪は」

「お前とは長い付き合いのつもりだったのに、いらねぇ心配をしちまったことについてだよ。結局それってお前のことを信頼しきってなかったたっつーか、よく分かってなかったたってことだろ？　そう思うと、なんかお前の友達面してるのが申し訳なくなっちまってさ」

雅也《まさや》は苦笑いを浮かべ、ストローでメロンソーダの中に浮いている氷を弄《いじ》る。

いつもの強気な顔はどこへやら。本当に俺に対して罪悪感を抱えているようだった。

「……全部理解しようだなんて、無理があるって」

「んあ？」

「俺は雅也《まさや》じゃないし、雅也《まさや》は俺じゃないんだから、勘繰ったり疑ってしまうのは当たり前だろ？　俺だって、お前に初めて彼女ができたって知った時は心配したし」

「え？　何をだよ……」

「周りに彼女を自慢しまくって嫌な奴《やつ》になるんじゃないか、とか。もう俺とは遊ばなくなるんじゃないか、とかさ。……でも、お前は大して変わらなかったたし、むしろ余裕ができたのか、もっといい奴《やつ》になった」

「や、やめろよ……恥ずかしいだろ」

「あ、でも結局彼女自慢だけは激しかったっけ？」

「それはもっとやめろ！」

俺たちは顔を突き合わせてケラケラと笑う。

仲良くなったあの時から、俺たちは変わっていない。

強いて変わったかもしれない部分を挙げるにしても、悪い方向に変わってしまった部分は少ないはずだ。

「……改めて安心したわ。お前がそうやって笑えるようになれて」

「冬季《ふゆき》からも言われたけど、そんなに俺って表情が死んでたか？」

「そりゃもう。酷《ひど》い時はゾンビみたいだったぜ、お前」

そいつは酷すぎるな。

やっぱり冬季《ふゆき》には頭が上がらないかもしれない。

「……なあ、雅也《まさや》。もし俺が冬季《ふゆき》のことを都合よく利用したりとか、血迷った行動を取ろうとした時は――――」

「わーってるよ。俺がお前をぶん殴って、目を覚まさせてやる」

「ははっ……ありがとう」

どこまでいっても、雅也《まさや》は俺の一番信頼できる友達だ。

これほどまでに出来た人間と一緒にいられることを、もはや誇りであるとすら思う。

「そんでさ、好きになったってことは、もう東条《とうじょう》の婚約は受け入れちまうのか？」

「……うーん」

「うーん……って、お前なぁ。さっきの話じゃないけど、優柔不断なのは気に入らないぜ？　俺」

「それは分かってるけど……まだ一緒に暮らし始めて二週間とかその程度だし、さすがに早すぎないかと思って」

「かーっ！　馬鹿野郎だなお前は！　世の中には一目惚《ひとめぼ》れって言葉があるくらいなんだぞ⁉　それくらい一瞬で好きになっちまう奴《やつ》だっているってことなんだよ！　それに比べてお前は何だ！　一目惚《ひとめぼ》れが一秒で好きになるとして、お前は二週間だから……えーっと、何倍だ？　分かんねぇけど……えー、千倍くらいか？」

「百二十万九千六百倍だな……計算上は」

「うるせぇうるせぇ！　それくらいの時間があるんだから、惚《ほ》れたっておかしくねぇってことだよ！　男らしく行こうぜ！　男らしくさぁ！」

何だかごり押しされているることは分かり切っているのに、不思議と説得力のある言葉だった。

数字の桁が大きいからだろうか？

「一か月のお試し期間だって、満了しなきゃいけないわけでもないんだろ？　早めに結論を出しちまう分には、東条《とうじょう》としてもありがたいんじゃないか？」

「そう……かもな」

「……東条《とうじょう》に対してはめちゃくちゃ失礼かもしれないけどさ、俺たちまだ十七歳だぜ？　何か失敗したことに気づいたなら、最悪引き返すことだってできると思うわけよ。もちろん婚約を軽く捉えてるわけじゃないけどさ」

雅也《まさや》の言わんとしていることは理解できる。

相当考えにくい話ではあるが、もし俺と冬季《ふゆき》がお互いに合わないと感じた時は、離れることだってできるわけで。

一生〝絶対〟に一緒にいなければならないと思い込み過ぎて、考えが凝り固まっている部分はあると思われる。

――――それでも。

「……冬季《ふゆき》の求婚を受け入れるとしたら、やっぱり俺は一生を共にするつもりで向き合いたいって思うんだ。だから、その覚悟を決められるだけのきっかけがほしい。半端《はんぱ》な気持ちで彼女と婚約すれば、多分俺は自分で自分が許せなくなるから」

れていないのだ。

結局のところ、東条冬季《とうじょうふゆき》が好きと言ってくれた稲森春幸《いなもりはるゆき》のことを、稲森春幸《いなもりはるゆき》自身が信じら

俺に好意を抱いたことを、後悔させたくない。

生意気にも、俺は冬季《ふゆき》のことを幸せにしたいと思っている。

「お前、もうだいぶ東条《とうじょう》のこと好きなんだな」

「……ははっ、そうかも」

そう告げた俺の顔を見た雅也《まさや》は、諦めたように笑う。

「はぁ、お前もお前で頑固だもんな。煮え切らねぇのも仕方ねぇか」

「そ、そうか？」

「そうだろ。親戚が気に入らなくて一人暮らしするくらいなんだからさ」

言われてみれば、確かに。

「覚悟って、要は自信が欲しいってことだろ？　その気持ちは何となく分かるし、その辺も含めて俺は応援してやるよ。何かありゃ相談くらいには乗れるしさ……恋愛の先輩として、な」

「……早速マウント取ってきたな」

「ははは っ！　まあまあ、とりあえず今日はパーッと遊ぼうぜ。最近流行《はや》りの曲を歌いまくってやるから、一つくらい覚えて帰れよ？」

「分かった、とことん付き合うよ」

「そうこなくっちゃな！」

今日くらいは、難しいことは考えなくていいだろう。

変にうだうだと冬季《ふゆき》のことを考えていても、それはそれで遊ぶ約束をした雅也《まさや》に失礼だ。

今まで遊べなかった分、今日一日はこいつのために使うとしよう。


――余談だが、雅也《まさや》は普通に歌が下手だった。

◇◆◇

雅也《まさや》と喉を嗄《か》らした翌日のこと。

普段着に着替えた俺は、玄関にて冬季《ふゆき》のことを待っていた。

テスト明け兼休日である今日は、彼女と約束したデートの日である。

「お待たせしました。すみません、ちょっと準備に気合が入り過ぎてしまって……」

現れた冬季《ふゆき》の姿を見て、俺は思わず息を呑《の》む。

彼女の私服はここ二週間で何度か見たが、何度見てもその衝撃は大きい。

純白のワンピースに、アクセント程度に収まるネックレス。

ワンピースの方は腰よりも上の位置で簡易的なベルトが巻かれており、彼女の豊満な胸を強調している。

おしゃれのおの字も理解できていない俺ですら、自分自身の魅力を100パーセント把握していないと着こなせないファッションだと理解できた。

「どうかしました？」

「あ、いや……すごい似合ってるなって思って」

「ほ、本当ですか⁉　はぁ……よかった。気合を入れ過ぎて引かれてしまわないか少し心配だったんです」

そうして胸を撫《な》で下《お》ろす冬季《ふゆき》の顔つきは普段と少し違っていて、そこでようやく彼女がメイクをしていることに気づいた。

メイクと言ってもいわゆるナチュラルメイクというやつなのか、大きな変化は見られない。

薄い色の口紅や、目元や頬に軽く手が入っているように見受けられた。

元々顔が良すぎるせいか、正直見違えるほどに魅力が倍増しているとまでは言わないけれど、純粋に俺と出かけるためにメイクをしてくれたことがやけに嬉《うれ》しくて。

まるで自分が特別になったかのような、肯定感が満たされていくような気持ちになった。

「何だか……隣を歩くのが不釣り合いな気がしてきたな。俺ももっと洒落《しゃれ》た服を持ってたらよかったんだけど」

「大丈夫ですっ！　春幸君《はるゆき》はいつだってカッコいいですし、魅力的ですから！」

そうは言ってくれるものの、改めて俺と冬季《ふゆき》の格好を見比べれば一目瞭然だ。

適当な英語の書かれた安物の白いTシャツに、紺色の長ズボン。

アクセサリー類は一切なし。髪型だってセットしていない。

不格好、というわけではないと思いたいが、バッチリとお洒落《しゃれ》に決めた冬季《ふゆき》の隣を歩くには、あまりにも見劣りするだろう。

「というか、これからそのお洒落《しゃれ》な服を買いに行くんですよ。だから今はどういった格好であっても問題ありません」

「……本当に、冬季《ふゆき》が俺の服を買うのか？」

「もちろんです！　この立場は誰にも譲らないですからね！」

譲って欲しい奴《やつ》なんていないだろ――――。

そう言いたくなる気持ちを押し殺し、とりあえず俺たちはマンションを出発した。

送り迎えはいつも通り日野《ひの》さんのお世話になり、たどり着いた場所は数駅離れた場所にある大型ショッピングモール。

大変偏見だが、彼女のようないわゆるお金持ちな人間はもっと専門店のようなブランド品を扱う店を贔屓《ひいき》にしているものだと思っていた。

しかし当の本人曰《いわ》く、そういった物は特別な日のために数着持っていれば十分らしく、基本的な買い物は一度で済ませることができるショッピングモールを利用しているらしい。

彼女にとっての服とは趣味に至るほどのものではなく、あくまで生活必需品の範疇《はんちゅう》という認識なんだそうだ。

「可愛《かわい》らしい服とか、そういったものは大好きなんですけど、あくまで着るのが好きという程度で集めるほどではないんですよね。あ、だからコスプレとかもかなり好きですよ？」

そんなことを言いながら、冬季《ふゆき》は男性用の衣服を物色していた。

もちろん自分で着る用ではなく、俺に着せるための服を選んでいるのである。

この店の服は、普段の俺であれば絶対に手を付けないであろう値段で売られていた。

ショッピングモールとは言え、高い安いに関してはピンキリらしい。

「春幸《はるゆき》君は体つきがしっかりしつつ細身ではあるので、スキニーのズボンとか似合うと思うんです。足をエロ――――じゃなかった、色っぽく見せたいというか。色は変に冒険するより一番似合う紺色がいいですね。上は今の白いTシャツでも十分に似合っているので、新しい良《い》い生地のTシャツと、その上に羽織れる薄い水色のシャツを揃《そろ》えておきましょう。大人っぽくし過ぎると今度は顔つきと合わなくなってしまうので、これくらい少年らしさがあってもいいですね。あとで靴も白を基調としたスニーカーを買いましょう。せっかくですし。それとシルバー系のネックレスを買えば、ワンセット完成ですね」

どうでしょうか!?　と、そう笑顔で問いかけられた俺は、ただ頷《うなず》くことしかできなかった。

この人、きっと俺よりも俺のことに詳しいんだろうなぁ。

早速着てみてほしいと言われ、俺は試着室を借りて新しい服に袖を通す。

洗剤や柔軟剤の香りのしない服に袖を通すのは、いつぶりだろうか。

カーテンで仕切られた狭い空間の中で、大きな鏡に映った自分を見る。

(悪くは……ないな)

冬季《ふゆき》の人を見る目は、こういった部分にも役立っているのかもしれない。

「お待たせ……」

「はわわっ!」

「ん?」

照れ臭さのあまりおずおずと試着室から出ると、外で待っていた冬季《ふゆき》が突然変な声を上げた。

口元を押さえ、何故《なぜ》かキラキラした目で俺を見ている。

しかし俺が困惑していることに気づいたのか、彼女は一つの咳払《せきばら》いと共に平静を取り繕った。

「よくお似合いですよっ。丁寧に選んだ甲斐《かい》がありました!」

「そう言ってもらえると嬉《うれ》しいけど、やっぱりお代の方は――」

「春幸《はるゆき》君はそんなこと考えないでください。私はあなたに服を着せて楽しむ酷《ひど》い女なんですから」

酷《ひど》いというかむしろ天使なのだが。

ただ何を言おうがもうこの服は会計が済んでしまっているわけで。

俺の寂しいお財布事情ではどうやっても買えないのだから、ここは素直に彼女に甘えるしかない。

我ながらずいぶんと情けないので、せめて最後の抵抗としてこの服は彼女の前でだけ着ることにしよう。

それが対価になるとは到底思えないのだけれど――――。

「今日は時間的に仕方ないとして、今度行きつけの美容院を紹介させていただきますね。せっかくですし上から下まで完璧にしちゃいましょうっ」

「……お手柔らかに」

「じゃあ次は私の買い物に付き合っていただいてもいいですか？」

「ああ、元々そのつもりだったし」

「ありがとうございます。じゃあまずはあっちから回りましょう」

冬季《ふゆき》に付き従うような形で、ショッピングモールを歩く。

女の子と一緒に出掛けるなんて経験がほとんどないせいか、俺は自分が思った以上に浮かれていることに気づいた。

他愛もない話をしながら歩いているだけというのも、想像以上に楽しい。

「ここが私の普段着を買うお店です。値段もお手頃で大変助かるんですよ」

冬季《ふゆき》が足を止めた店は、俺でもよく知っているような庶民の味方の洋服屋だった。

Tシャツなら一枚千円から二千円で買えてしまうし、上着類でも五千円程度でまともなものが揃《そろ》ってしまう。

「安いが故にたくさん買ってしまうんですけど、大丈夫ですか？」

「もちろん。荷物は全部俺が持つよ」

「ありがとうございます。では――――」

そう言いながら、彼女はTシャツの並んでいる棚へと向かった。

そしてそこに並んだ服たちを、一瞥《いちべつ》しただけでポイポイとかごの中へと放り込んでいく。

まるでスーパーの特売にやってきた主婦のように。

「制服の下に着るシャツが欲しかったんですよね。これから夏になりますし、普段着としても着替えは多い方がいいかと思いまして」

「そ、そうか……」

「春幸《はるゆき》君の分も買っておきますよ。サイズはLでいいですよね？」

確かに俺が普段着る服のサイズはLであるため、そのまま頷《うなず》く。

すると彼女は男性用のTシャツが並んだ場所に向かい、白と黒を中心に再びかごの中へと放り込み始めた。

有言実行までが速すぎて、止める間すらない。

（まずいな……早くもマヒし始めている）

さっきの買い物が高かったせいで、Tシャツたちがどれも安く見えてしまう。

もちろんそれは冬季《ふゆき》にとってはの話であり、俺にとっての千円は一週間生きていけるだけの大金だ。

できる限りその感覚を忘れずに生きていきたいところだが、もうすでに若干ブレ始めていることが恐ろしい。

「Tシャツさえ手に入れば、このお店で欲しい物は他にありません。次に行きましょうか」

「ああ……分かった」

「その、大丈夫ですか？　持つのが辛《つら》そうなのであればもう少し減らしますけど」

「いや！　それに関しては大丈夫」

彼女からかごを奪うようにして、レジへと向かう。

服の割には確かに重いけれど、問題はない。

問題なのは、何においても値段なのだから。

2軒目の店を離れ、次に向かったのはブランド物の服を扱う店だった。

一着一着の値段が途端に跳ね上がり、もはや両親が生きていた頃ですら買えそうにない服がおしゃれに飾ってある。

一番近くに置いてあるこのズボンなんて、三万――いや、これ以上見るのはよそう。

後から知ったことだが、俺の服を買った店やこの店すら、ファッションの世界ではまだ序の口らしい。

服一着が何十万もする店がこの世には存在していて、金持ちの中にはそういうところでしか服を買わない人すらいるそうだ。

申し訳ないが、一生理解できる気がしない。

「せっかく春幸《はるゆき》君の服を新調したのですから、私もそれに合わせてみたいと思いまして」

この店に来た経緯を語った冬季《ふゆき》は、一着一着置かれた服を物色していく。

女性物の服が多いこの店は、正直なところ居心地が悪い。

無意識のうちにソワソワしていた自分が妙に恥ずかしくなり、俺は懸命に表情を取り繕いながら冬季《ふゆき》の後ろをついて行くことにした。

「突然すみません、春幸《はるゆき》君。この二つならどっちの方が似合うと思いますか？」

「え？」

何とか心を落ち着けようとしていたところで声をかけられ、顔を上げる。

冬季《ふゆき》は二着の服を持っていた。

片方は薄手のニット素材の白い服に対し、腰よりも上の位置で止まっている薄ピンクの膝下スカート。

そしてもう片方はゆったりと着れる水色の肩だしシャツに、若干くすんだ白色のハーフパンツ。

どちらも毛色が違って、中々に難しい選択肢だった。

「さっきからこの二つで拮抗《きっこう》してしまっていて、せっかくなら春幸君《はるゆき》に選んでいただければと思うのですが……」

「あ、あー……」

改めて見てみれば、どちらも間違いなく冬季《ふゆき》に似合うと言える。

彼女自身もそう分かっているからこそ悩んでいるに違いない。

「どちらかと言えば、こっちかな」

悩み抜いた末に俺が指したのは、白いニットの服と薄ピンクのスカートの方だった。

どちらも似合うことが分かっているのなら、そこからはもう俺の好みの問題である。

「春幸君《はるゆき》はこっちの方が好みですか？」

「そういう言い方をされるとちょっと恥ずかしいけど……まあ、そういうことになるかな」

「じゃあこっちを買いますね。春幸君《はるゆき》の趣味に合わせたいので」

ただ選んだだけなのに、冬季《ふゆき》はかなり嬉《うれ》しそうな様子でレジへと向かっていく。

そして支払いを終えた彼女は、試着室を借りて買ったばかりの服に着替えた状態で戻ってきた。

「どう、でしょうか？」

「……めちゃくちゃ似合ってると思う。こうなんて言うか……可愛《かわ》い」

「はうっ」

率直な感想を伝えると、冬季《ふゆき》は顔をしかめて胸元を押さえた。

一瞬心配が湧き上がってきたが、彼女が恍惚《こうこつ》とした笑みを浮かべていることに気づいて困惑する。

「春幸君《はるゆき》が……私のことを可愛《かわ》いって……ふふっ、ふふふふ」

初めて冬季《ふゆき》のことを、ちょっとだけ、本当にちょっとだけ、気持ち悪いと思った。

あれからまた少し店を回って、買い物袋もかなりの量になってきた。

そろそろショッピングモールは終わりかと思いきや、どういうわけだか俺は今日一番の窮地に立たされている。

「ほ、本当に……ここに入るのか？」

「はいっ、こういう物もぜひ春幸君《はるゆき》に選んでいただければと思いまして」

俺たちが立っている場所。

それは女性用下着売り場の前だった。

色鮮やかで独特な形をした下着たちが並び、中ではマネキンたちが実際に装着しているところも見ることができる。

俺の場合は見ることができるではなく、目に入ってしまう、だけれども。

「そ、そもそも……男が入ってもいいものなのか？」

「特に禁止されているようなことはないと思いますよ？　私と一緒にいれば不審がられることもないでしょうし」

不審がられないにしても、不釣り合いなのは確かではないだろうか？

そんな俺の思考を無視するがごとく、冬季《ふゆき》は買い物袋を持った俺の手を握り、そのまま店の中へと入っていく。

「ほら、こういうの可愛《かわい》いと思いませんか？」

彼女は空いている方の手で、近くにあった赤色の下着を手に取る。

確かにレースや刺繍《ししゅう》は可愛《かわい》らしいと思うが、感想を告げることすら憚《はばか》られるほどに恥ずかしさが勝っていた。

「まあ、このサイズは私ではつけられないんですけどね……」

残念そうな表情を浮かべ、冬季《ふゆき》は手に取った赤い下着を元あった場所へと戻す。

「女性の胸は大きい方がいいのか、小さい方がいいのかみたいな論争はよくあると思いますが、下着の選びやすさから言えば間違いなく大きい方が不利なんですよね。こういうところで可愛《かわい》い柄のものをサッと買うことも難しいですし、ネットで注文しようにも少しお値段が張るので……」

冬季《ふゆき》はそう言いながら、自身の胸をさする。

その際チラリと俺の表情を確認したことで、俺はまたからかわれているということに気づいた。

「冬季《ふゆき》……俺の表情を見て楽しむのはやめてくれ……別に嫌ってわけじゃないけど、なんかこう……くすぐられているみたいでむず痒《がゆ》い」

「ふふっ、ごめんなさい。やっぱり春幸《はるゆき》君の動揺している時の表情がどうしても愛おしく見えてしまって」

冬季《ふゆき》は目を細め、言葉の通り愛おしそうに俺を見た。

こうして二人で過ごすようになって分かったことだが、冬季《ふゆき》にはほぼ間違いなくサディストの気がある。

決して誰かを傷つけて楽しむといったようなタイプではないが、少なくとも俺が困っている顔は彼女の楽しむ対象だ。

そして俺もどういうわけか、そういう彼女の接し方が嫌いではない。

冬季《ふゆき》がそうやって俺をからかうたびに、自分がこの人に愛されているんだという実感が湧くというか。

俺の頭がどうかしてしまったのかとすら思うような感覚だけれど、決して気のせいというわけでもなくて。

つまるところ、やはり俺はすでに冬季《ふゆき》のことを――――。

「春幸《はるゆき》君、春幸《はるゆき》君っ。どっちの方が可愛《かわい》いと思いますか？」

俺の思考を遮るようにして、冬季《ふゆき》の声が聞こえてくる。

彼女が持っているのは、二つのタイプの違う下着。

水色の上下セットと、黒色の上下セット。

細かい装飾の部分を説明できないのは、俺が経験不足であることに他ならない。

構造とか、タイプとか、むしろ男子高校生の俺が詳しい方が不自然だろう。

「私でもつけられるサイズがあってよかったです。水色の方が年相応というか、清楚《せいそ》な感じがあると思うんですけど……黒の方がやっぱりセクシーさを感じますよね。大人っぽいですし」

「す、好きな方でいいんじゃないか？」

「さっきの服の時もそうでしたけど、私としては本当にこの二つが拮抗《きっこう》してるんです。だから最後の決め手は、唯一これを見せる相手である春幸《はるゆき》君の好みにしたいなぁと思いまして」

唯一という部分にまた照れてしまったのだが、それは置いておいて。

好みと言われれば、俺の視線は自然と黒い方へと吸い込まれた。

こういう下着を冬季《ふゆき》がつけていたら。

そんな妄想をしてしまい、顔が熱くなる。

ここは水色と言っておこう。

そうすれば俺が冬季《ふゆき》をそういう目で見ていることが少しは否定できる、はずだ。

——だけど。

「黒い方が……好み、です」

「……ふふっ、素直な意見をいただけて私は大変嬉《うれ》しいです。では、こちらを買ってきますね？」

「じゃあ……流石《さすが》に俺は外で待ってるから」

「はい、ここまでお付き合いさせてしまい申し訳ありません。少し休んでいてください」

俺が精神的に疲れ始めているのだろうと察した冬季《ふゆき》は、素直に俺を逃がしてくれた。

ありがたい。そのまま店を出て、他の通行人の邪魔にならないよう外にあった壁に寄りかかる。

思いがけず素直になってしまった。

正常な判断力を失っていたとしか思えない。

女性経験が一切ない俺には、この店の刺激は強すぎた。

(でも、楽しい時間だ……)

まだ今日は終わりではないけれど、それでも心が満たされている。
雅也《まさや》といる時とはまた違う、独特な甘い時間。
そう思う時点で、俺が冬季《ふゆき》に抱いている感情は友情ではない。
「結婚か……」
ふと口にした言葉に連動するように、俺の視線は家族連れの客へと吸い込まれた。
小さな娘と、幸せそうな夫婦。
もし冬季《ふゆき》と結婚すれば、いずれはああいう風になれるのだろうか？
「……いいな」
またもや思いがけず声が漏れる。
あの幸せは、俺が失ってしまったモノだ。
もしそれを取り戻すことができれば、どれだけ喜ばしいことだろう。

――でも、またそれを失ったら？

(馬鹿だな……俺は)
もう認めるべきだろう。
俺の中で、東条冬季《とうじょうふゆき》はすでにかけがえのない存在になっている。

彼女を失うと考えただけで、こんなにも不安になってしまうのだから。

◇◆◇

「すみません、春幸君《はるゆき》……」

春幸君《はるゆき》が店の外に出て行くのを見送った後、私は手元に残った黒色の下着に目を落とした。

ブラのタグに書かれた表記は、〝D〟。

私はこのサイズより三つほど大きいサイズを普段着用しているので、さすがに離れすぎていてつけられません。

当然、サイズが違うことは手に取った時点で分かっていました。

それでも彼に選んでいただいたのは、彼自身の好みを把握したかったからです。

「お客様、何かお困りですか？」

私が黒い下着と睨《にら》めっこしていることに気づいた店員さんが、近づいて声をかけてくれた。

助かりました。これから声をかけようと思っていたので。

「あの、この下着と同じ柄でサイズの大きい物って置いてませんか？」

「あー……そちらの商品ですとEまでしかありませんね。申し訳ございません」

「そうですか……それなら写真に撮ってもいいですか？　せめて似たような物を探したくて」

「そういうことでしたら構いませんよ」

「ありがとうございます」

許可をもらった上で、スマホを使って下着の写真を撮っておく。

そしてその写真を私が抱えさせてもらっている部下の方に送信した。

『この下着のメーカーに、私の胸のサイズで同じ柄の物を作ってもらうよう依頼しておいてください。値段は問いません』

『かしこまりました。週頭に連絡をつけさせていただきます』

『ありがとうございます。お願いしますね』

これでよし。

春幸《はるゆき》君にすぐ見せられないのは残念ですが、流石《さすが》に仕方がありません。

できる限り早く完成することを願って待ちましょう。


正直、私はずっと自分の体が好きではありませんでした。

中学生の頃から身長はほとんど伸びなかった癖に、胸とお尻ばかり大きくなって、男性からは性的な視線を、そして女性からは嫉妬の目線を浴びせられて。

とにかくトラブルを避けるために、必要以上の処世術を覚えたことに関しては人生の損失だと考えていた時期もありました。

まあ今となっては覚えてよかったと思っていますけど。

でも、それで私のコンプレックスが消えたわけでもなくて。

彼はきっと覚えていないと思いますが、そんな私を変えてくれたのが、稲森春幸《いなもりはるゆき》君なんです。

すべては彼のおかげで、今では自分のことが大好きな立派なナルシストになりました。

(っと……そろそろ行かないとですね)

私は今一度、手元の下着へと視線を落とした。

許可まで取って写真を撮らせてもらったのに、このまま何も買わずに出て行くというのもいかがなものかと思ってしまいます。

つけられないことは承知の上。ですが春幸《はるゆき》君も私がこの下着を買って来ると思っているはずですから、怪しまれないように購入しておきましょうか。


お会計を済ませて、店の外へ出る。

辺りを見渡せば、少し離れた場所に春幸《はるゆき》君の姿を見つけることができました。

近づく途中、彼の顔が私の視界に映る。

「あ――――」

普段の様子と違う、不安に押し潰されたその表情。

春幸《はるゆき》君のご両親が事故で亡《な》くなったのは、まだたったの一年半前の話。

精神的にも未熟な時にそんな経験をしてしまったのですから、今の彼には当然その影響が色濃く残っているはずです。

（やめてください……春幸《はるゆき》君）

心臓がドクンと跳ねる。

ああ、ああ。

本当にやめてください、春幸《はるゆき》君。

私の前でそんな顔をしないでください。

そんな、私の庇護《ひご》欲を煽《あお》るような顔は――――。

「ふぅ……ふぅ……」

歩みを少しだけ遅くして、息を整える。

やっぱり私は、春幸《はるゆき》君のことがどうしようもなく好きです。

守ってあげたい、二度と辛《つら》い思いをさせたくない、苦しい思いをさせたくない、痛い思いをさせたくない、嫌なことからは逃げてほしい、幸せなことだけに包まれて生きていてほしい。

そしてできれば――――私のことを必要としてほしい。

トロトロに、ドロッドロに甘やかして、私なしでは生きられない体になってほしい。

春幸《はるゆき》君の体を作る食事は、できるだけ私が作ったものであってほしい。

春幸《はるゆき》君の楽しい思い出の中には、できるだけ私がいてほしい。

春幸《はるゆき》君の誕生日は毎年祝いたい。そして私の誕生日には彼からの「おめでとう」の言葉がほしい。


毎日「愛してる」と言って、毎日「愛してる」と言われたい。

春幸《はるゆき》君の全てを、私が満たしたい。


（とりあえず今は、平常心。平常心です）

心を落ち着け、普段通りの表情を取り繕った。

油断すれば、きっと私の顔は恍惚《こうこつ》とした表情に変わってしまう。

さすがの春幸《はるゆき》君でも引いてしまうだろうし、そうなってしまうと私が悲しいですから。

ようやく息も表情も整った私は、春幸《はるゆき》君の下へ歩いていく。

彼の方も私の存在に気づいたのか、顔を上げてくれた。

そして私を見つけて、心の底から安堵《あんど》したような表情を浮かべる。
その表情があまりにも可愛《かわい》くて、私は――――。
(あ～～～もう！　好き好き好きっ！)
我慢できず、思わず駆け足になってしまうのでした。

■07：〝覚悟〟

休日が明け、今日も今日とて学校へ向かう。

冬季《ふゆき》との買い物は、自分でも驚いてしまうほどに楽しかった。

色々と度肝を抜かれることはあったけれど、それはそれで退屈しなくて済むというか、ある種のエンターテイメントと考えればむしろ歓迎できる。

からかわれることには相変わらず慣れそうもないけれど、成長すると共に大人の余裕というやつも出てくるであろう。多分。

冬季《ふゆき》とはすでにいつもの場所で別れているため、そのまま学校へと向かう。

いつもの道を通って、教室へ。

しかし、教室の中にはいつも通りの光景が広がっているのに、そこに漂う空気はいつも通りではなかった。

(何だ……？)

教室の中にいるクラスメイトたちは、何故《なぜ》か俺の方を見ながらヒソヒソと小声で何かを話している。

正直、嫌な空気だ。

「ハルっ、おいハル！」

「な、何だよ」

血相を変えた雅也《まさや》に突如として腕を引っ張られた俺は、そのまま教室の隅へと連れて行かれる。

この雅也《まさや》の取り乱し様は、何かあったに違いない。

「これ、これを見ろっ」

雅也《まさや》は自分のスマホを取り出すと、クラスメイトとのライン画面を見せてきた。

そこには一枚の画像が張られており、見覚えのある男女が映っている。

俺と――――冬季《ふゆき》だ。

「何だよ……これ」

撮られた場所は、どうやら二人で行ったショッピングモールのようだ。

大量の買い物袋を持つ俺と、楽しげな笑顔を浮かべている冬季《ふゆき》の姿が、多少遠巻きに撮影されている。

間違いなく盗撮だ。

それはそれで大問題だが、おそらく今対応しなければならない問題はそこではない。

「昨日、クラスの男子からこれが送られてきた。何でもこの学校の誰かが隠し撮りして、拡散してるらしい。だいぶまずいぞ……一日もあればこんな写真出回り切っちまう」

「あ、ああ……」

迂闊《うかつ》、というか、そもそもこんなことをされるだなんて思ってもみなかった。

撮影した本人からすれば、学校の有名人が男子とデートしていたところを見つけて面白半分で撮ったのかもしれない。

しかしこれは限りなく犯罪に近い行為だ。

俺だけならともかくとして、冬季《ふゆき》の姿が拡散されているのは危険すぎる。

心配と焦《あせ》りが先行し、思わず冬季《ふゆき》へと視線を向けると、彼女は複数の女子に囲まれていた。

「東条《とうじょう》が来てからずっとあの調子だ。まあ、お前とのことを質問攻めされてるんだろう」

「そうか……」

質問攻めにしている女子たちの中心にいるのは、佐藤《さとう》さんと吉田《よしだ》さんだったか。

さっきから俺と冬季《ふゆき》を見比べるような様子を見せていて、何だか気分が悪い。

その目には好奇心の他に、わずかな嘲笑の色が混ざっている。

「いずれ写真の出所は分かるかもしれねぇが、問題なのはお前だ、ハル」

「俺……？」

「前にも言ったろ？　東条《とうじょう》と付き合ってることがバレればまともな高校生活を送れなくなるかもしれないって。学校っていうこんな狭いコミュニティの中じゃ、お前の顔と名前が広まるのも時間の問題だ。刺されるってのはさすがに大袈裟《おおげさ》だが、下手すりゃ悪質な嫌がらせが始まるぞ」

「……」

正直、自分のことなんてどうでもいい。

俺が一番心配なのは。これで皆が冬季《ふゆき》を見る目が変わることだ。

冬季《ふゆき》の足を引っ張るという俺のもっとも危惧することが、現実になってしまう。

耐えられないのは、それだけだ。

「……ともかく、気を付けろよ。何かあったら隠さず言え。それと、極力一人になるな。俺か、東条《とうじょう》、どっちでもいいから一緒にいろ」

「それは、どうして？」

「少なくとも、当分の間お前は色んな視線に晒《さら》される。そういうのって意外とメンタルに来るんだよ。だから話して気を紛らわす相手を近くに置いとけ。味方がいるんだって意識づけろ。そうすりゃ思い切った行動はできねぇ」

なるほど、理に適《かな》っている。

俺は頷《うなず》き、雅也《まさや》の提案を受け入れた。

というか――――。

「やけに詳しいけど、経験談？」

「……まあ、な。バスケが上手すぎるってのも困りものだぜ。下手くそ共からいらねぇ恨みを買っちまう」

ああ、そういうことか。

その話を俺が知らないということは、おのずと時期が限られる。

「一年生の時か」

「さあね。何にせよ、前の三年生がいなくなった時点で終わった話だ。お前が気にするようなもんじゃねぇよ」

「悪い……」

「いいって。今は自分のことを考えろ」

俺は自分のことに必死過ぎて、親友の窮地にすら気づかなかったらしい。

雅也《まさや》のことだ。きっと俺に気づかれないように立ち回っていたに違いない。

ただ、それでも悔しいものは悔しい。

「余計なことを考えるのは、今ある問題が終息してからだ。お前は俺と違って気も強くねぇし、マジで気を付けろよ」

「ああ……分かった」

それから俺は、雅也《まさや》から言われた忠告を守りつつ今日という日を過ごすことにした。

休み時間は極力教室から出ないようにして、自分の席で過ごす。

それでも教室の外からチラチラと覗《のぞ》き込んでくるような他クラスの人がいたりして、改めて冬季《ふゆき》の影響力には驚かされた。

直接話しかけてくるような奴《やつ》はいない。

遠目からこちらを窺《うかが》うような視線は感じるものの、俺のことを得体の知れない何かだと思っているのか近づいては来なかった。

昼休み。

「すみません、春幸《はるゆき》君、西野《にしの》君。お昼ごはんをご一緒してもよろしいでしょうか？」

変わらず自分の席で雅也《まさや》と共に昼食を食べようとすると、冬季《ふゆき》が弁当箱を持って近づいてきた。

雅也《まさや》が頷《うなず》いたのを見て、俺は近くの誰も座っていない椅子を引っ張ってきて、彼女に差し出す。

「ありがとうございます。ちょっと質問攻めに疲れてしまって……」

「気の毒な話だぜ。ただ付き合ってるだけなのにな」

「まったくです。皆さん大袈裟《おおげさ》すぎるんですよ」

君がそれを言うのかと一瞬突っ込みそうになったが、雅也《まさや》は冬季《ふゆき》がいちいち大袈裟《おおげさ》なことを言うということを知らないため、口を噤《つぐ》む。

「春幸《はるゆき》君、大丈夫ですか？」

「え？」

「私は注目されていることに慣れてますけど、春幸《はるゆき》君にそういう印象はなかったので……」

「ああ、確かに注目されることに慣れてはいないけど、冬季《ふゆき》ほど囲まれたりはしてないから大丈夫だ」

「そうですか……でも、気を付けてくださいね」

「分かってる。雅也《まさや》からも散々言われたよ」

三人で固まっているのを見て、クラスメイトたちは遠巻きにひそひそと言葉を交わし始めていた。

決していい気分とは言えないけれど、このまま実害がなければ困ることはない。人の噂《うわさ》も何とやら。いずれは皆も注目することに飽きて、別の話題に移ってくれるだろう。

「……お前ら、本当にカップルなんだな」

「ふふっ、そうなんです」

冬季《ふゆき》は嬉《うれ》しそうにしているが、俺は一つ言い返したいことがあった。

「付き合ってるとか、カップルとか言われてるけど、俺たちはまだ正式に付き合ってるわけじゃないぞ」

「あれ？」

そこだけはちゃんと言っておかなければならないと思って、口を挟んだ。

冬季《ふゆき》は相当不満そうだけれど——。

「ま、まあそこはいいとして……実際のところ、どうしようもねぇよな。一旦噂《うわさ》が広まっちまった以上なかったことにするのは難しいし、対策のしようがねぇっつーか」

「そうですね。時間が解決してくれるのを待つしかありません」

冬季《ふゆき》の言う通り、これは俺たちが動いてどうにかなる話じゃない。

そもそもこの話の中心が東条冬季《とうじょうふゆき》でなければ、こんなもの一騒動にもなりはしないだろう。

ゆっくりでも、周りが受け入れてくれるのを待つしかないのだ。

「——ねぇ、東条《とうじょう》さん」

そんな話をしていると、突然佐藤《さとう》さんと吉田《よしだ》さんが声をかけてきた。

彼女らの後ろには、数名の男女が控えている。

見知った顔が少ないことから、おそらく他クラスの連中だろう。

「……どうかしました？　皆さんが気になることにはあらかた答えたつもりだったんですけど」

「いや、他のクラスの子たちも気になるって言い出してさぁ……」

吉田《よしだ》さんは、チラリと俺の方へ視線を送る。

後ろの連中もどこか落ち着きのない様子で、俺と冬季《ふゆき》を見比べるかのように視線を動かしていた。

　はっきり言って、これも居心地が悪い。

「あ、あの……東条《とうじょう》さんとそこの人は、本当に付き合ってるんですか⁉」

　後ろの連中に混ざっていた男子が、意を決したかのように疑問を漏らす。

　その瞬間、冬季《ふゆき》の眉がピクリと動いた。

「そこの人、ではありません。彼は稲森春幸《いなもりはるゆき》君。私の恋人です」

「いや――――」

　まだ恋人ではないとそこだけは否定しようとした瞬間、後ろから雅也《まさや》に羽交い絞めされ、口を無理やり閉じられる。

「馬鹿！　今は恋人ってことで通しとけ！　ややこしくなる！」

「んー⁉」

　確かに冬季《ふゆき》は俺に好意を抱いてくれているし、俺も彼女に対して確かな好意を持っていることを自覚したが、まだ婚約の申し出は受け入れていない。

　それなのに恋人と名乗ることはいささか不誠実だと思っていたのだが、そんなにまずいことなのだろうか？

　――――などという俺たちの小声のやり取りなど意に介さず、彼らは増々《ますます》冬季《ふゆき》の方へと詰め寄る。

「ねぇ、マジでこいつと恋人なわけ？」

「はい、そうですけど」

「……普通に趣味悪くない？」

「……は？」

制服を着崩し、髪を茶色に染めている派手な女子がそんな言葉を口にした瞬間、冬季《ふゆき》の表情が引《ひ》き攣《つ》った。

ニコニコと愛想《あいそ》笑《わら》いを浮かべてやり過ごそうとしていたようだが、今まさにその笑顔が崩れ去ろうとしている。

「ふざけんなよ……何？　あたしへの当てつけ？　いちいち癇《かん》に障《さわ》る奴《やつ》……っ！」

「何の話でしょうか？　あなたのことなど私は存じ上げませんが」

「は？　人の彼氏奪っといて……マジでムカつく。そのままあたしの元カレと付き合ってるならともかく、こんな冴《さ》えない奴《やつ》と付き合ってるとか馬鹿にしてるとしか思えないんだけど」

「だから……元カレとか当てつけとか、さっきから何の話をしていらっしゃるのでしょう。私はあなたの顔すら知らないのですが」

「っ！　ちょっと見た目がいいくらいで調子に――」

激昂《げきこう》した女子が、腕を振り上げる。

冬季《ふゆき》の頬を叩《たた》く気だ。

俺は庇《かば》うためにとっさに飛び出すが、その前に彼女は吉田《よしだ》さんと佐藤《さとう》さんによって腕を掴《つか》まれていた。

「ご、ごめんね！　この子の元カレ、東条《とうじょう》さんのこと好きになっちゃって一方的に別れを切り出されたんだって！」

「だから分かってあげて！　ね⁉」

何が分かってあげてなのだろうか？

冬季《ふゆき》がその元カレとやらに自分から手を出していたのならともかく、当の本人は心当たりすらない様子。

傍《はた》から聞いていても、明らかに筋の通っていない要求だ。

「……春幸《はるゆき》君に謝ってください。私はともかく、この人はあなたが馬鹿にしていい相手じゃありません」

「はぁ？　うざ。こんな地味男のことなんて知らないし。マジキモい。もういいし。顔も見たくない」

俺たちに背を向け、散々暴れ散らかした女子はそのまま教室から出て行ってしまう。

冬季《ふゆき》は怒りを露《あら》わにしたまま、彼女が出て行った場所を睨《にら》み続けていた。

「ほんとにごめんね……？　でもやっぱり皆気になっちゃうよ。だって東条《とうじょう》さん、今まで色んな人の告白を断ってきたでしょ？　イケメンの先輩とか、サッカー部のエースとか、柔道部の背が高い主将の人とかさ」

「難攻不落って言われてた東条《とうじょう》さんが、急に稲森《いなもり》みたいな奴《やつ》と付き合い出したら……そりゃちょっとだけ心配しちゃうよ」

吉田《よしだ》さんが稲森《いなもり》みたいな奴《やつ》と口にした瞬間、冬季《ふゆき》と雅也《まさや》の雰囲気が明確に変わった。

ありがたいことに、二人はその部分で怒りを覚えてくれたらしい。

しかし吉田《よしだ》さんたちは二人から反感を買ったつもりは一切ないらしく、何も気にしていない様子でヘラヘラと笑っている。

ああ、そうか。

この人たちにとって、俺はいてもいなくても同じ人間なんだ。

視界にすらまともに入っていない。

きっと彼女らには悪気もない。

気を遣《つか》うに値しない人間、それが俺なんだ。

「まあ、東条《とうじょう》さんが嫌な思いをしてないならいいんだよ。でも何かあったらすぐに相談してね？　私たち友達だし」

「そうだよ！　いつでもいいからね！」

一方的にそう言い残し、彼女らは各々《おのおの》の居場所へ戻っていく。

残された俺たち三人の空気は、一言で言えば——最悪だった。

「こんなに不快な気分になったのは初めてです」

「……東条《とうじょう》が理性的な奴《やつ》で助かったよ。あんたが爆発してたら、俺も間違いなく誘爆してたな」

「彼女たちには……正面からぶつかり合う価値すらありませんから」

「それに関しても同感だ」

呆然《ぼうぜん》とする俺とは対照的に、二人はあからさまな怒りを口にした。

「わざわざハルに聞こえる場所で言いやがって……お前も言い返してよかったんだぞ？」

「ああ……悪い、何かボーっとしてた」

頭の中に、何度も何度も同じ言葉が回っている。

〝稲森《いなもり》みたいな奴《やつ》と付き合い出したら、そりゃちょっとだけ心配しちゃうよ〟

つまり俺は、冬季《ふゆき》の恋人として心配されてしまうような人間であるということ。

吉田《よしだ》さんたちは、俺と付き合った冬季《ふゆき》の正気を疑っていたんだ。

情けなさで胸が締め付けられる。

俺が人から認められている人間であれば、冬季《ふゆき》や雅也《まさや》がこんな風に怒りを覚える必要もなかったのに――――。

「――幸君《ゆきくん》？　春幸君《はるゆきくん》！」

「え？」

「大丈夫ですか？　顔色が悪くなっていますが……」

「あ、ああ……大丈夫。考え事してただけだ」

「……あんまり考え込み過ぎないでくださいね？　何を言われたって、気にするだけ無駄ですから」

「分かってる」

そうだ、分かってる。

他人から何を言われようが、気にする必要なんてない。

ない、はずなんだ。

◇◆◇

日付が変わって、翌日。

昨日と同じく陰口のようなものが度々聞こえてくるが、明るく振舞ってくれる雅也《まさや》のおかげであまり気にせず過ごせるようになっていた。

そんな中、一つ大きく変わったことがある。

冬季《ふゆき》が、クラスで孤立してしまったのだ。

というより、一方的に佐藤《さとう》さんや吉田《よしだ》さんを拒絶しているらしい。

理由はもちろん、彼女たちが俺をないがしろにした発言をしたから。

吉田《よしだ》さんたちは納得していない様子で、今日一日ずっと不機嫌そうだった。

時たま俺を睨《にら》んでいることから、俺に冬季《ふゆき》を取られたとでも思っているのだろう。

さすがにお門違いだと言ってやりたかった。


昼休みは、昨日と同じく三人で過ごした。

孤立してしまっても冬季《ふゆき》の態度は普段と一切変わりなく、改めて彼女の強さを思い知る。

雅也《まさや》も極力噂《うわさ》の件には触れないようにしてくれて、普通の雑談で盛り上がった。

俺も――――上手《うま》く笑えていたと思う。

だけど、きっと二人とも気づいていたはずだ。

俺がずっと思い詰めていることに。

(俺が……冬季《ふゆき》を一人にした)

冬季《ふゆき》の立場が悪くなったのは、俺のせいだ。

彼女は俺に隣にいてほしいと言ってくれる。

そして俺も、冬季《ふゆき》の隣にいたいと思い始めた。

それなのに、周りがそれを否定する。

(俺は、冬季《ふゆき》の側にいてはいけないのか?)

暗い感情が胸を満たす。

自分の全てを否定された気がして、気持ちが底なしの沼に沈んでいく。

ああ、そうだ。

いつだって俺の存在が邪魔になる。

母さんも、父さんも、俺さえいなければ――――。

「はぁ……ハル、ちょっと来い」

「え？」

「便所行きてぇ。ちょっと付き合え」

「あ、ああ……」

冬季《ふゆき》に断りを入れ、俺と雅也《まさや》は席を立つ。

その際に俺に向けられた冬季《ふゆき》の心配そうな視線が、やけに印象的だった。

「東条《とうじょう》も気にするだけ無駄だって言ってただろ？　変に思い詰めるなよ」

「そういう風に意識はしてたんだけど……」

「お前も東条《とうじょう》も何も悪くねぇんだ。正しい奴《やつ》らが苦しむなんてありえねぇんだよ」

「雅也《まさや》……」

雅也《まさや》から、底知れぬ怒りを感じる。

俺のために怒ってくれるこいつは、やっぱりどこまでもいい奴《やつ》だ。

強くて、頼りになる。

俺も雅也《まさや》みたいな人間になれたら――そう思ってしまうが、きっとこれを口にすれば、こいつは腹を抱えて笑うことだろう。

それはちょっとだけ癪《しゃく》だった。

「ハルだって少なくともさ、好きな女子の前で情けない顔はしたくねぇだろ？」

「あ……だから連れ出してくれたのか？」

「俺も彼女の前じゃ常にかっけー俺でいたいんだよ。お前もそうなんじゃないかって思っただけだ」

「……なるほどな」

本当に、こいつが友達でよかった。

「適当にぐるっと回って戻ろうぜ。それまでに顔も戻しておけよ」

「ああ、分か――」

わずかに軽くなった気持ちで返事を返そうとした、その瞬間。

突然肩に強い衝撃を感じ、体がグラつく。

人にぶつかってしまったのだと気づいた時には、俺よりも少し背の高い顔立ちの整った男子が俺を見下ろしていた。

上履きの色からして、同学年だろう。

「あ、悪い。よく見てなかった」

「……あ？」

思いのほか機嫌を損ねてしまったようで、目の前の男子は俺を睨《にら》んでいた。

その態度を見て、隣にいる雅也《まさや》が若干喧嘩《けんか》腰《ごし》になる。

今にも嚙《か》みつきそうな友人を手で抑えつつ、俺は改めて彼に謝罪してこの場を立ち去ろうとした。

「あ……おい、足立《あだち》。こいつ例のあいつじゃね？　ほら、東条《とうじょう》と付き合ってるっていうさ」

「は？　こいつが？」

連れの男子から足立《あだち》と呼ばれた彼は、その目つきを変える。

品定めするようなその目は、昨日から今日にかけて浴びせ続けられたものと同じだった。

「じゃあ、お前が稲森《いなもり》かよ」

「そう、だけど」

「マジか。僕、こんな陰キャに負けたのかよ」

「ぐっ⁉」

突然足立《あだち》に胸倉を摑《つか》まれた俺は、そのまま彼に鋭い視線で睨《にら》まれる。

何だ、この目は。

今までの人よりもどす黒い、悪意に満ちた目。

真《ま》っ直《す》ぐ向けられているだけで、背筋に寒気が走る。

「ねぇ、お前。明らかに東条《とうじょう》に見合ってないから、今すぐ別れてくんない？」

「っ……⁉」

「生徒会長とか先輩に負けるならともかくさ、お前みたいな奴《やつ》に負けたと思うと納得できないんだよね」

胸倉を摑《つか》んだ手にさらなる力が込められた時、怒りの形相を浮かべた雅也《まさや》が足立《あだち》を突き飛ばし、距離を取ってくれた。

変に喉が圧迫されていたせいか、軽く咳《せき》が漏れる。

「君は何だ？　邪魔しないでほしいんだけど」

「こいつの連れだよ。用があるなら俺を通せ」

「面倒臭いなぁ。邪魔すんなよ部外者」

「テメェも部外者だろうが。東条《とうじょう》とこいつの間に入ってくんな」

「うっざ、何それ？　熱い友情のつもり？」

「はっ、自分のためにここまでしてくれるダチがいねぇからってひがむなよ」

「意味分からんし。勝手な憶測しないでくれる？」

一触即発の空気。

廊下にいた他の生徒も只事《ただごと》じゃない空気を察したのか、徐々に俺たちの周りから離れ始める。

中には先生を呼びに行ったであろう生徒も見られ、きっとこの事態はすぐにでも収束するだろう。

ただ、二人の火花はどう見ても自力では退けないところまで激しく散ってしまっていた。

「俺らのことをうぜぇと思うなら、さっさと手を出して来いよ。そうなりゃ間違いなくサッカー部からは退部だけどな」

「――――調子乗りすぎじゃやね？」

いよいよ危険な熱量に達した。

俺は二人の間に割り込み、足立《あだち》と目線を合わせる。

「あんたが俺たちの言うことを聞いてくれないように、俺もあんたの言うことを聞く必要はないだろ。もう放っておいてくれ」

「何言ってんの？　お前の意見とかどうでもいいんですけど。いいから別れろって言ってんの」

何だ、こいつ。

まるで話が通じない。

「テメェ……いい加減に――――」

「はぁー、ウザい奴《やつ》ら。もういいや」

雅也《まさや》が飛びかかろうとした瞬間、足立《あだち》は踵《きびす》を返《かえ》して俺たちに背を向ける。

「マジでこんな陰キャ相手なら余裕で奪えるような気がしてきたわ。後で東条《とうじょう》に会いに行こっと」

こんな奴《やつ》が彼氏じゃ、あまりにも可哀想《かわいそう》だし――――。

そう言い残し、足立《あだち》は仲間たちと共に去っていった。

残された俺に、ずっしりと重いモノを残して。

「俺じゃ……可哀想《かわいそう》」

「気にすることはねぇぞ、ハル。あんな奴《やつ》の言葉に耳を貸すな」

そうだ。聞く必要なんてない。

そのはず。そのはずなんだ。

それなのに、足立《あだち》の言葉が、佐藤《さとう》さんや吉田《よしだ》さんの言葉が、頭から消えてくれない。

廊下を歩く皆の視線が俺に刺さる。

(情けない……情けない情けない情けない……！)

腹の底から、煮えたぎった汚い何かがこみ上げてくる。

吐きそうなのに吐けない。

このままじゃ、俺はまた大事な人を傷つけてしまうかもしれない。

不安だ。腹の底からこみ上げるこの感情は、どう足掻《あが》いても拭えない黒い不安だ。

「お、俺……本当に冬季《ふゆき》の側にいて、いいのかな」

「っ！」

思わずそんな言葉が漏れる。

慌てて否定しようとしたその瞬間、俺は雅也《まさや》に右腕を掴《つか》まれてた。

「ちょっと来い」

「え、え……？」

無理やり連れて行かれた先は、屋上に続く人気のない踊り場。

そこにたどり着いた瞬間、雅也《まさや》は俺の顔を睨《にら》みつけると、ゆっくりと拳を振りかぶった。

「加減はしてやる。歯ァ食いしばれ」

「いっ――――」

重い衝撃が頰に走り、俺は勢い余って尻もちをついた。

殴られた場所と口の中が熱い。

口《くち》の端《はし》が切れたのか、床にぽたりと一滴の血が落ちた。

「俺がお前を殴ったのには、いくつか理由がある。分かるか？」

「……俺が……情けないから」

「一つ目はそうだ。だけどそれは、今のお前を否定したいってわけじゃねぇ。お前が、今の自分に甘んじようとしてるからだ」

自分に甘んじる？

それは違う。

俺は今の自分が嫌いだ。

俺がこんな人間のままであるなら、それこそ冬季《ふゆき》には相応《ふさわ》しくないと思って――――。

「今の自分が嫌いなら！　それこそやることが山ほどあるだろうが！」

「っ！」

「お前は東条《とうじょう》と一緒にいたいんだろ？　好きなんだろ？」

俺は、頷《うなず》いた。

間違いなく俺は冬季《ふゆき》に好意を抱いている。

離れたくない。一緒にいたい。

今は間違いなくそう思っている。

「俺が一番イラついた理由は……一度は家族っていうクソ大事なモノを失ったお前が、新しくできた大事なモノを今度は自分から手放そうとしていたからだ」

「あ……」

「東条《とうじょう》は……一度だってお前を否定したか？」

今度は、首を横に振る。

冬季《ふゆき》は、ずっと俺を肯定してくれていた。

――――ああ、そうか。

「気づいたかよ」

「……ああ」

すべては、俺の気持ち次第。

周りの意見なんて、本当に関係ないんだ。

彼らに俺と冬季《ふゆき》の関係を強制的にどうにかする力なんてない。

分かっていたはずなのに、分かってなかった。

暗い沼に囚《とら》われ、見失っていたんだ。

「……ありがとう、雅也《まさや》」

「へっ、目は覚めたみたいだな」

「ああ、おかげさまで」

雅也《まさや》が差し出してくれた手を取り、立ち上がる。

臭いセリフのオンパレードに、後から照れ臭くなってお互いに目を逸《そ》らした。

けど、これでようやく俺は、進むべき道を決めることができたと思う。

「中学の頃のハルに戻ったな」

「何だよそれ。退化してないか？」

「いいや。俺はむしろそうであってほしかったんだよ」

雅也《まさや》の言葉の真意は、今の俺では分からない。

だけど、今はそれでいい。

余計なことは考えない。

今はただ、この心のロウソクに灯《とも》った小さな火を、消えてしまわぬよう大事に守るのだ。

「戻るか」

「ああ、戻ろう」

本当に、こいつが親友でよかった。

◇◆◇

雅也《まさや》と二人で教室に戻った頃には、もう昼休みは終了寸前だった。

冬季《ふゆき》とは軽いアイコンタクトだけで挨拶を交わし、俺たちは自分の席へと戻る。

相変わらず嫌な視線はそこかしこから感じるものの、もはやあまり気にならなかった。

もしかすると、これが〝覚悟〟が決まった状態というものなのかもしれない。

時間は進み、放課後。

冬季《ふゆき》と共に帰ろうとしたところ、少し待っていてほしいと言われ、俺は下駄《げた》箱付近で時間を潰していた。

周囲を見渡せば、多くの生徒が忙《せわ》しなく動き回っている。

部活動に勤《いそ》しむ者、教室に残って勉強を続ける者、ただ残って駄弁《だべ》っている者。

俺はそんな彼らを穏やかな感情で見ていることに気づいた。

（ああ、そうか）

今までの俺は、彼らのことを認識することすらできていなかった。

認識してしまえば、羨ましく思ってしまう。

そうして話したこともない誰かに負の感情を抱いてしまいたくなかったのだ。

こうして余裕を持って学校に来れることも、すべては冬季《ふゆき》のおかげ。

そんな彼女に対して、俺は恩すらも返さぬまま離れようとしていたらしい。

改めて考えてみても、やっぱり情けない。

「――――ん？」

自分のことを戒めていると、廊下の先の曲がり角からわずかに言い争うような男の声が聞こえてきた。

校内に残っていた生徒たちもあらかた部活に向かったり下校してしまったのか、人気はだいぶ少なくなっている。

だからこそ、この小さな声が聞こえたのだろう。

（喧嘩《けんか》だったらまずいよな……）

昼休みの自分たちの例がある。

先生に声をかけなければならない事態を想定して、俺は恐る恐る廊下の先へと向かった。

この先は普段使われない教室が並び、普段から人気がない。

そんな場所に、やはり怒鳴るような男の声が響いていた。

「どうしてだよ……！　なぁ！」

近くで聞けば、それはちょうど昼休みに聞いた声だった。

サッカー部のエースこと、足立《あだち》である。

「どうして稲森《いなもり》なんかと付き合ったんだよ……意味分かんないだろ」

突然自分の名前が出たことで、俺は思わず曲がり角からその場を覗《のぞ》き込んでしまった。

そこにいたのは、足立《あだち》と、冬季《ふゆき》。

なるほど、冬季《ふゆき》は足立《あだち》に呼び出されていたのか。

確かに後で会いに行こうと言っていたが……。

「ええ、確かに私は春幸《はるゆき》君とお付き合いしています。それが何か？」

「おかしいでしょ」

「おかしい？」

「さっき廊下で稲森《いなもり》と会ったよ。けどあんなパッとしない奴《やつ》と付き合うくらいなら、どう考えても僕の方がいいだろ？」

　思いがけず、俺は息を呑《の》んだ。

「君は僕の告白を断った。これまで断られたことなんてなかったから、正直驚いたよ。でも君は大企業の娘だろ？　だからすでに企業同士のお見合いで相手が決まっているのかもしれないって無理やり納得したんだ。それなのに……あんな陰キャと付き合ってる？　もう意味が分からないよ」

「……あなたには関係ないのでは？」

「あるよ。僕は君が好きなんだ。だから君があんな男と付き合ってることが許せない」

　足立《あだち》は勢いよく壁に手をついて、冬季《ふゆき》に迫る。

「もしかして、稲森《いなもり》とは遊び？　それなら協力してあげるからさ、本命は僕にしとかない？」

　顔が近い。

　昼休みの時にこみ上げてきたどす黒い何かとはまた違うものがこみ上げてきて、俺はとっさに飛び出してしまいそうになる。

　しかし――――。

「ふふっ……ふふふ」

　その前に、冬季《ふゆき》の口から笑い声が漏れた。

「え、何？」

「ああ、すみません。遊びだなんて面白いことを言うものですから、つい」

彼女はひとしきり笑った後、呼吸を整えるために深く息を吐く。

「むしろいつだって私は必死ですよ。彼に捨てられないように、愛想《あいそ》を尽かされてしまわないように、毎日毎日心のどこかに恐怖を抱えています」

「……恐怖？」

「本当はもっとイチャイチャしたくても、急に迫れば誠実な彼を困惑させてしまうだけですし、本当はもっと周りに自慢したいと思っても、彼の平穏な学校生活を脅《おびや》かしてしまうかもしれない。自惚《うぬぼ》れでも何でもなく、私という人間が関わったことでどうなってしまうかなんてことは私が一番理解しているんです。……まあ、今となっては手遅れですが」

冬季《ふゆき》は自分を責めるかのように、皮肉を込めてそう口にした。

足立《あだち》は困惑している。

きっと彼女のことを、何をやらせても完璧で、おしとやかで、清楚《せいそ》な人間だと思っていたのだろう。

俺もそうだった。

ただ、それはあくまで東条冬季《とうじょうふゆき》の一部でしかない。

二人で過ごすようになって、ようやく気づいた。

「……あなたとお付き合いできないのは、素直に好みではないからです。気取った髪型も、それについた妙に甘ったるい整髪料の香りも、多少人より優れているからと周りを下に見る態度も、全部苦手です。もう少し謙虚に生きてみてはどうでしょう？　自信があることは大変良《い》いことだとは思いますが、貴方《あなた》の場合は少々過剰ですよ。身の程を弁《わきま》えるというのも、今後社会で生きていくために必要なことです。どうかご検討を」

「あ……ああ」

「ご理解いただけたようで何よりです。ではそろそろ――春幸《はるゆき》君、帰りましょうか」

意識外から突然名前を呼ばれ、口から変な声が漏れる。

驚いた様子でこっちを見ている足立《あだち》。

対する冬季《ふゆき》は、微笑《ほほえ》ましいモノを見る目を俺へと向けていた。

「そ、その……悪い。のぞき見するつもりはなかったんだけど」

「私のことを心配してくださったんですよね？　春幸《はるゆき》君は本当に優しい人。ほら、もうお話は終わりましたので、一緒に帰りましょう？」

「ああ……それじゃ」

呆然《ぼうぜん》とした様子の足立《あだち》に軽く頭を下げ、こっちに速足で近づいてくる冬季《ふゆき》を待つ。

すると彼女は廊下の中間で一度立ち止まり、彼の方へ振り返った。

「あ、腹いせに私のことを悪く広めるのは大いに結構ですが、私はその程度で揺らぐような人間ではないとだけ言っておきます。言いたいことがあるなら正面から堂々とどうぞ。とことんやり合いましょう」

では――――。

そう言い残し、冬季《ふゆき》は俺の手を引いて足立《あだち》の前を去る。

正直なところ、めちゃくちゃかっこよかった。


「ごめんなさい、急にどうしたんだ？」

「え、急にどうしたんだ？」

日野《ひの》さんが車を止めてくれている場所まで移動している最中、冬季《ふゆき》からの突然の謝罪に俺は
ただただ困惑した。

「少々……汚いところを見せてしまったと思いまして」

汚いところ。

その言葉が指す事柄が何か、この一瞬では理解することができなかった。

「……そろそろ、春幸《はるゆき》君には話しておかなければなりませんね」

「え？」

「私が、春幸《はるゆき》君を好きになった本当のきっかけのことです」

それは、俺がもっとも知りたかったことだった。

柔らかな緊張が、俺たちの間に走る。

言葉としてはおかしいが、そういう言葉でしかもう表現できない感覚だった。

「中学の頃まで、私は思いやりという心が欠落していました」

「欠落って……」

「ふふっ、意味が分からないですよね。でも、実際に私は他人を鑑《かんが》みない生活を送っていました」


——きっかけは小学生の頃。

東条冬季《とうじょうふゆき》は、本当によくできた子供だった。

習い事をすれば、何でも完璧にこなせた。

勉強に関しては塾に通う必要などなく、ただ授業を聞けばテストで満点が取れた。

東条冬季《とうじょうふゆき》は、自分が特別であると知った。

彼女はある日、父親の会社の社員が大きなミスをしてしまったことを知った。

父親はその社員のミスを許し、そのミスを取り戻させるかのようにたくさん仕事を振った。

しかしその社員は、最終的に会社の金を横領して逃げ出した。

その社員は、最初からそれを狙っていたのだ。

東条冬季《とうじょうふゆき》は、人を甘やかしてはいけないのだと知った。


——次のきっかけは、中学生の頃。

相変わらず桁違いの才能を抱えていた東条冬季《とうじょうふゆき》は、増々《ますます》大きな存在になっていた。

彼女の周りには、そんな彼女にあやかろうと多くの人間が寄ってきた。

彼女は彼らを拒絶しなかった。

大事な友人というものに憧れ、むしろ積極的に関わった。

人を甘やかしてはいけないという教訓も忘れ、彼らが困った時は真っ先に手を差し伸べた。

しかし、彼女は裏切られた。

東条冬季《とうじょうふゆき》は、小学生の頃の教訓を思い出し、新たな教訓として思いやりは損を招くことを知った。

「それから卒業までの私の態度は、さぞかし酷《ひど》かったと思います。誰も寄せ付けず、誰も信用せず、それでも近づいて来ようとした人には、冷たい言葉を浴びせました。きっとあの時の私を見たら、さすがの春幸《はるゆき》君でも軽蔑していたかもしれません」

「それは……どうだろう」

「ふふっ、気を遣《つか》わないでください。それくらい酷《ひど》かったという過去の話ですから」

「……俺は、その話にどう関わるんだ？」

「――ある日の帰り道。朝陽《あさひ》の車の窓から、一人の少年が歩道橋を上れずにいたお婆《ばあ》さんに声をかけているところを目撃したんです」

冬季《ふゆき》は懐《なつ》かしそうに目を細め、俺を見た。

「通行人のほとんどが面倒くさがって無視する中、彼だけが声をかけていました。そしてそのままお婆《ばあ》さんを背負うと、必死に歩道橋を上り始めたんです。でも中学生の出来上がっていない体じゃ負担が大きすぎたようで、階段を一歩一歩上りながらすごい形相をしていたことを覚えています」

「ははっ、ちょっとカッコ悪いな」

「ふふっ、そうかもしれませんね。だけど、彼は諦めずに上り切ったんです。その姿が、私にはとても眩《まぶ》しく見えました。そして気づいたんです。この世界にはこんなにも優しい人がいるんだってことに」

俺の手に、冬季《ふゆき》の指が絡《から》んでくる。

そのまま俺の手を持ち上げた彼女は、両手で確かめるかのように指を這《は》わせてきた。

「もちろん、その男の子が春幸《はるゆき》君です。あの日あの場所が、間違いなく私の初恋の現場でした」

「冬季《ふゆき》……」

「安心してください、春幸《はるゆき》君。この先何があっても、私はずっとあなたの味方ですから」

この言葉は、きっと俺たちが学校の中で置かれた状況を指して言っているのだろう。

嬉《うれ》しい言葉だった。

だからこそ、俺も彼女に伝えなければならないことがある。

この手を離さずに済むように、

「冬季《ふゆき》、一つ頼みたいことがある」

「何でしょう？　私にできることでしたらなんなりとどうぞ」

「俺を……」

――君に相応《ふさわ》しい男にしてほしい。

「……分かりました。それが、あなたの望むことなら」

俺の意図を酌《く》んでくれた冬季《ふゆき》は、楽しそうな、ワクワクしているかのような、そんな表情を浮かべる。

そうして俺たちは、お互いの手を強く握り合った。

■08：俺は君のモノ

「――大丈夫、だよな？」

日野《ひの》さんの車から降りた俺は、同じく車を降りた冬季《ふゆき》の方に顔を向けて、問いかける。

「ふふっ。はい、もちろん。何度見ても惚《ほ》れ直してしまうくらいによくお似合いですよ」

「……照れるって」

「でも、本当のことですから」

完璧超人である冬季《ふゆき》にそう言われれば、おのずと自信も湧いてくる。

俺は冬季《ふゆき》に頼んで、身だしなみを大きく変えることに協力してもらっていた。

彼女の紹介してくれた美容院に行ってみたり、東条《とうじょう》グループが抱えているエステサロンに連れて行ってもらったり。

ともかくまずは見た目を整えるべく、一週間ほど駆けずり回った。

もちろんエステの効果が出るのはもっと先の話だろうけど、結果として、自分でも悪くないと思うくらいには変われた気がしている。

少し大袈裟《おおげさ》かもしれないが、まるで生まれ変わった気分だった。

「正直、今の春幸《はるゆき》君は増々《ますます》誰にも見せたくないんですけどね」

「それじゃ駆けずり回った意味がなくなるだろ……？」

「そうですけど……うー、春幸《はるゆき》君はいじわるです」

そう言われると俺としても困ってしまうわけで。

冬季《ふゆき》に協力を頼んだ以上、彼女の希望を蔑《ないがし》ろにすることはできない。

どうしようかと必死に頭を捻《ひね》っていると、突然堪えきれなかったかのように冬季《ふゆき》が笑い出した。

「ふふふっ、冗談ですよ」

「……またからかわれたのか」

「ごめんなさい。でも、春幸《はるゆき》君は春幸《はるゆき》君のままで安心しました。少し心配してしまうほどに、見た目が完成しているので」

「全部冬季《ふゆき》のおかげだよ」

「私の貢献が混ざっていることに関しては否定しませんが、やはりすべては春幸《はるゆき》君の頑張りがあってこそですよ。ここ一週間、かなり無茶させた自覚はありますので」

確かに、ここ一週間の忙しさは、冬季《ふゆき》と暮らす前のバイトだらけの日々に極めて近いものを感じた。

大きく違う点は、まったく辛《つら》いとは思わなかったところ。

冬季《ふゆき》のために変わるのだと言い聞かせるたび、疲れ切っているはずなのに力が湧いてきた。

こんな前向きな気持ちになれたのは、本当に久しぶりである。

「じゃあ、行きましょうか」

「ああ、行こう」

俺たちは、二人揃《そろ》って学校へと向かう。

もう関係性がバレている以上、わざわざ別れて向かう必要はない。

校門から教室へ向かう途中、これまで感じていた嫌な視線とはまた別の視線を感じた。

皆驚いているような顔をして、俺たちとすれ違う度に振り返る。

これは見た目改造に成功したからなのか、それとも今日も冬季《ふゆき》が魅力的なだけか――。

「え……え!? 東条《とうじょう》さん！ その人……」

「吉田《よしだ》さん、佐藤《さとう》さん、おはようございます」

廊下を歩いていると、周りと同じく驚いた様子の吉田《よしだ》さんと佐藤《さとう》さんと遭遇した。

彼女たちは俺と冬季《ふゆき》を交互に見比べ、何故《なぜ》かホッとしたように胸を撫《な》で下《お》ろす。

「よかったぁ……稲森《いなもり》君とは別れたんだね」

「やっぱり東条《とうじょう》さんには合わなかったよ。でも凄《すご》いね、もう新しい彼氏できたんだ」

「びっくりしたよ……でも、どこのクラスの人？ こんな人いたっけ？」

「ね。まあ間違いなく稲森《いなもり》よりは似合ってるけどさ」

あれ？

まさか、俺が俺だって気づかれてない？

確かに髪型は分かりやすく変えたし、顔つきも多少なりとも変化しているはずだが、別人と思われるほどの変化はないはずだ。

「ふふっ……何も見てなかったみたいですね。呆《あき》れて物も言えません」

冬季《ふゆき》が小声でつぶやいたことで、俺も気づく。

彼女たちは、一週間前の俺のことをほとんど認識すらしていなかったんだ。

何となくの印象で捉えて、顔つきなどよく見ていなかったのだろう。

それ自体は悔しくも何ともない。

むしろ今は、笑ってしまいそうになるほど嬉《うれ》しい。

俺も冬季《ふゆき》も、こんな形で努力の成果が出ると思っていなかったのだ。

「ちゃんとよく見てください。私の隣にいるこの方は、稲森春幸《いなもりはるゆき》君ですよ」

「「――――え？」」

それを聞いた二人が、目を見開いて俺を見る。

申し訳ないが、さすがに愉快だった。

「ま、マジで稲森《いなもり》……？」

「嘘《うそ》……こんな顔だったの……？」

二人の反応を見て、隣で冬季《ふゆき》がドヤ顔を浮かべている。

この顔を見ることができただけで、努力した甲斐《かい》を感じられた。

「春幸君《はるゆき》、早く教室に行きましょう?」

冬季《ふゆき》に手を引っ張られ、俺は教室の中へ足を踏み入れる。

クラスメイトたちの注目が、俺と冬季《ふゆき》に集まった。

ざわつく者、唖然《あぜん》とする者、混乱する者。

反応は十人十色で、統一感がない。

中には佐藤《さとう》さんと吉田《よしだ》さんと同じように、俺だって認識できていない人もいるだろう。

それだけ稲森春幸《いなもりはるゆき》という存在は、いてもいなくても変わらない存在だったんだ。

だけど、もうその状態には甘んじていられない。

「――――よお、ハル。イメチェンか?」

「ああ、冬季《ふゆき》に協力してもらって、ちょっと思い切ってみた」

「へぇ、いいじゃん。見違えたぜ」

唯一いつも通り挨拶してくれた雅也《まさや》は、改めて俺の姿をよく見て、嬉《うれ》しそうに笑う。

どうやらご満足いただけたらしい。

ふと、雅也《まさや》の拳に視線を落とす。

これがあったから、俺は正気に戻ることができた。

「バスケ部のエースが大事な拳を振るった重み……それが理解できないほど馬鹿じゃないよ」

「ははっ！　そっか。それならよかったわ」

拳の怪我《けが》はそのまま選手生命に直結するのに、それでも雅也《まさや》は俺を殴ってくれた。

俺の目を覚まさせるためだけに、あの一瞬で人生を賭けてくれたんだ。

冬季《ふゆき》にも雅也《まさや》にも、計り知れない借りができてしまった。

恩は返さなければならない。

「……ずるいです」

「冬季《ふゆき》？」

「男同士の友情、ずるいです。私には手に入らないものですし」

「そ、そんなこと言われても……」

冬季《ふゆき》は珍しく本気で不満そうに、頬を膨らませていた。

「悪ぃな。こいつの親友枠だけは譲れねぇからよ」

「ふんっ、別にいいですよ。私も嫁枠だけは絶対に譲りませんから」

「いらねぇよ……」

二人のやり取りが面白くて、思わず豪快に噴き出してしまう。

俺が爆笑しているのがそんなに珍しいのか、笑わせた当事者である二人は目を丸くしていた。

「ご、ごめん……何か、会話のテンポがツボに入っちゃって……」

内から内から笑いがこみ上げてきて、止まってくれない。

今まで堪えてきたものが決壊して溢《あふ》れ出《だ》しているかのような、そんな感覚があった。

感情が、頭に、体に、心に満ちていく。

「……気持ちよく笑えるようになったじゃねぇか」

「ああ。二人のおかげだ」

「そいつはちょっと違うぞ。お前を変えてくれたのは、間違いなく東条《とうじょう》だ。俺はそれにちょっと協力しただけだっつーの」

確かに、すべてのきっかけは冬季《ふゆき》だ。

彼女と出会っていなければ、そもそも雅也《まさや》に殴られるような事態にもなっていなかっただろう。

だからと言って、雅也《まさや》への感謝が薄れるなんてことはあり得ない。

「それでも、ありがとう」

「……おう」

照れ臭そうに鼻の下を擦った雅也《まさや》は、背を向けて先に自分の席へと戻ってしまう。

立ち尽くしたままの俺と冬季《ふゆき》は顔を見合わせ、再び笑った。

「冬季《ふゆき》」

「はい、何でしょう」

「今日の夜、話したいことがあるんだ。時間……もらえないか？」

「聞くまでもありませんよ。もちろん、いくらでもお付き合いさせていただきます」

「……ありがとう」

言わなければならないことがある。

伝えなければならないことがある。

俺の〝覚悟〟はもう、決まっていた。


またもや昼休み。

俺は一人でトイレを済ませ、教室へと戻ろうとしていた。

何だか既視感のあるシチュエーション。

そんな感覚を覚えていると、その感覚通り、進行方向から友人を連れた足立《あだち》が歩いてきた。

そうだった。冬季《ふゆき》や雅也《まさや》とは別ベクトルであるものの、彼にも大きな借りがある。

俺は廊下の中央に堂々と陣取り、そのまま歩を進めた。

「え……？　お前……稲森《いなもり》、か？」

「よく、分かったな。あんたは俺の顔なんて覚えてないと思ってたよ」

「は、はぁ？　何イメチェンとかしちゃってるわけ？　やっぱり東条《とうじょう》と付き合ってるからって調子乗ってる？」

相変わらず嫌味な男だ。

でも、今の俺はこんな言葉で心を乱されるような人間じゃない。

深く息を吸って、吐く。

こいつにだけは、どうしても借りを返さないと気が済まなかった。

「――邪魔だ、退いてくれ」

「っ！」

初めて吐いたのではないかと思うくらいの、強い言葉。

真《ま》っ直《す》ぐ足立《あだち》の目を睨《にら》みつけながら、俺は決して退かないという意志を見せる。

こんな男に負けたくない。

こんな男に、冬季《ふゆき》は渡さない。

「意味が分からないし……どうして僕が退くの？」

「……」

「お前の方が一人なんだし、いちいち僕の道を塞ぐなよ。迷惑だし……っ」

俺の視線から逃げるように、足立《あだち》の視線が揺れる。

明らかな動揺が目に見えて分かった。

俺は動かない。

あの時、心に決めたんだ。

うだうだ悩むのではなく、自分から動いて冬季《ふゆき》の隣にいても恥ずかしくない男へ成長するのだと。

「マジで意味が分からない……こんなところで突っかかってくるとか……マジで馬鹿としか」

何を言っても俺が退かないのだと理解したようで、足立《あだち》はついに口を閉じる。

そして再び俺と目を合わせてきたが、またすぐに逸《そ》らしてしまった。

俺はそれでも、変わらず足立《あだち》を睨《にら》み続ける。

「――あ、あーもういいや……行くぞ」

足立《あだち》は俺を避けるようにして、連れと共に廊下を歩いていく。

残った俺は、決して振り返ることはせず、そのまま教室へと足を進めた。

仕返しにしては、あまりにも小さなものだったかもしれない。

それでも、俺にとっては大きな前進だ。

「……よし」

小さく拳を握りしめ、前へ進む。

もう、後ろは振り返らない。

◇◆◇

ふんわりと、花の香りがした。

思い起こされるのは、それほど広くもないリビングでくだらないバラエティ番組を見ながら談笑する両親の姿。

その場にいた俺は学校のテストでいい点を取ったことを報告して、父さんと母さんからえらく褒められていた。

俺にとって、当たり前の日常。

それが壊れてしまった日の夜。

一人になってしまったリビングで、確か俺はあの日三人で見たバラエティ番組を見ていた気がする。

恒例の企画で盛り上がる芸人やタレントたちの楽しげな声が聞こえてきて、「これは面白いものなんだ」と胸に刻んだのはよく覚えていた。

でも本心ではどうしても面白いものには見えなくて、自分は何をしているのだろうと漠然とした疑問に襲われたことも覚えている。

普段通りの生活を送り始めたのは、その翌日からだった。

我ながら恩知らずというか、情がないというか。

しかし今思えば、あれもただの現実逃避だったような気がする。

「変わったな、ハル」

高校に入って、俺は雅也《まさや》からそんな言葉をかけられた。

自分自身にそういう自覚がなかった俺は、ただただ首を傾《かし》げている。

「なんつーかさ……いや、根っこの部分はまったく変わってねぇんだけど……」

「何だよ。はっきり言えって」

「……いや、やっぱりやめておくわ」

雅也《まさや》はそこで話を打ち切り、俺に次なる問いかけの時間を与えなかった。

多分だけど、あいつは俺が心から笑っていなかったことを指摘したかったんだと思う。

あの時はそんなことに気づきもしなかったけど、今の俺なら分かる。

東条冬季《とうじようふゆき》という存在に出会って、俺は久しぶりに心から笑える時間を過ごしたから。

だから、俺は決めたんだ。


彼女が求めてくれる限り、俺は――――。

「あれ、起きちゃいましたか」

「……ん、俺……寝てたのか」

「はい、それはもうぐっすりと」

不思議だ。頭の上から冬季《ふゆき》の声がする。

俺は寝返りを打ち、真上を向いた。

目の前には、巨大な山がある。

それが胸であることに気づくと同時に、俺は彼女の膝枕で眠ってしまったことを思い出した。

「ふふっ。ここ一週間でだいぶ疲れが溜《た》まってしまっていたようで、耳掃除してあげようと思ったらすぐ寝てしまったんです。おかげさまでこの耳かきを突っ込む先に困ってしまいました」

「う……ごめん」

「冗談ですよ。可愛《かわい》い寝顔が見れただけで満足してますから。それに、無理やり膝枕させてほしいと言ったのは」

冬季《ふゆき》の手が、優しく俺の頭を撫《な》でる。

その手があまりにも心地よくて、再び眠気が襲い掛かってきた。

「――春幸《はるゆき》君？　何か話したいことがあったのではありませんか？」

「はっ、そうだ」

寝ている場合じゃない。

俺は身を起こし、リビングのソファーの上で冬季《ふゆき》と向かい合う。

「冬季《ふゆき》、改めて話がある」

「はい、なんでしょう」

冬季《ふゆき》の目が、わずかに揺れる。

珍しく緊張している様子が見て取れてしまい、こっちまで身震いしそうになった。

冬季《ふゆき》も、俺が何を言おうとしているのか分かっているのだろう。

「もうすぐ、約束の一か月が経《た》つ。この間、君は俺にたくさんのものをくれた」

癒《いや》し、健康、楽しい時間。

数えたってキリがない。

「まず最初に言いたいのは……君のおかげで、毎日が楽しいと思えるようになった。だから、ありがとう」

まるで、先の見えない暗闇を歩いているようだった。

両親と死別し、親戚を拒絶して、俺は一人で歩く道を選んだ。

その選択肢に後悔はない。

あんな親戚に世話になるくらいなら、野垂れ死んだ方がマシとすら思ったから。

ただ、一つだけ。両親が残してくれた物を手放してしまったことに関しては、謝らなければならない。

でも、俺に優しさを教えてくれた人たちのことだ。

きっと空の上から俺のことを「馬鹿だなぁ」と笑っているに違いない。

――――そんな風に物事を前向きに考えられるようになったのも、きっと冬季《ふゆき》のおかげだ。

「冬季《ふゆき》に恩を返したい。でも、そんな簡単に返せるものでもない。だから……色々考えたんだけど」

今から口にすることは、誰がどう聞いても頭の悪い発言だろう。

でも、俺にはこれしか思いつかなかった。

言《い》い淀《よど》みそうになる口を無理やり動かし、真《ま》っ直《す》ぐ冬季《ふゆき》の目を見つめ、言葉を吐く。

「君が……君が欲しいと言ってくれるなら、どうか――――俺のすべてを受け取ってほしい」

「っ！」

「俺は、東条冬季《とうじょうふゆき》のモノになりたい」

その言葉を皮切りに、突然冬季《ふゆき》の涙腺が決壊した。

初めはぽろぽろとこぼれ出していた涙が、やがて本流となって頬を流れる。

美人が台無しになってしまうほどの子供らしい泣き顔を浮かべた彼女は、俺の胸へと優しく飛び込んできた。

柔らかさや匂いが強い刺激となって伝わってくる中、俺は初めて自分の方からも彼女をそっと抱きしめる。

「ほ、本当にいいんですね？　私が全部もらってしまって……」

「ああ、いいよ」

「本当に本当にいいんですね……？　私、嫉妬深いんですよ？」

「知ってる」

「門限だって決めてしまうし……」

「知ってる」

「外食してきたら拗《す》ねちゃいますよ？」

「いいよ」

「他の子と二人で歩いてるだけで、浮気《うわき》だって叫んでしまうかも……」

「いいよ」

「もしそんなことになったら、春幸《はるゆき》君を監禁してしまうかもしれません」

「いいよ」

「じゃ、じゃあ……あなたと結婚したいって言ったら……？」

「いいよ」

「本当に？」

「本当だ」

「じゃあっ！　は、ハル君って呼ぶのは……」

「いいよ。俺はもう、冬季《ふゆき》のモノだから」

俺は、冬季《ふゆき》のすべてを受け入れると決めた。

こうして彼女の要求にすぐさま答えられたことで、この覚悟が本物であることも証明できたと思う。

「今日から……ハル君は私のモノです」

「ああ」

「他の誰にも渡しませんから」

「ああ、他の人のところになんて行かないよ」

「嬉《うれ》しい……嬉《うれ》しいですっ」

冬季《ふゆき》からの抱き着く力が、また少し強くなる。

その瞬間、彼女の首元からふんわりと花の香りがした。

「冬季《ふゆき》、何か香水つけてる？」

「え？　あ、はい。ハル君がリラックスできるかと思って、軽く〝すずらん〟の香水をつけてます」

すずらん。そうだ、すずらんだ。

俺の両親が好きだった、綺麗《きれい》な白い花――――。

『すずらんにはね、〝幸せの再来〟って意味があるのよ』

母さんが教えてくれた、その花言葉。

幼いながらに、俺はそれが好きだった。

「ははっ、花言葉通りだな」

「ひゃっ」

俺は冬季《ふゆき》を強く抱きしめ、ソファーに仰向けに倒れ込む。

彼女は俺の上に乗る形になっており、その頭は胸板へと押し付けられていた。

ここから見えるのは彼女のつむじだけだけれど、それだけでも何故《なぜ》か愛くるしくて。

俺はもう、たまらなくこの人のことが好きなんだと実感させられる。

この人を失いたくない。

そのためにも俺は、もっと自分を成長させなければならないだろう。

「……ふふっ」

「どうした？」

「いえ、ここだとハル君の鼓動がよく聞こえて、何だか嬉《うれ》しくなってしまっただけです」

「鼓動が聞こえただけで？」

「はいっ。前にも言いましたが、ハル君は生きているだけでえらいんですから」

前に言われた時は、大袈裟《おおげさ》だと受け止めきれなかったその言葉。

しかし今の俺なら、素直に喜ぶことができる。

「あの時の俺は、ただ生きているだけだった」

「……はい」

「でも、今は少し違う気がする」

心臓を動かし、呼吸をする。

確かにそれは生きていると言えるだろう。

だけど、今の俺はその意味とはまた別の意味を感じていた。

「何となく、ハル君の言いたいことは分かりますよ」

冬季《ふゆき》は体を持ち上げると、少し前進して、上から俺の顔を覗《のぞ》き込んできた。

「だから、改めて言わせてください。今日も生きてていてえらいって」

ゆっくりと近づいてきた彼女は、俺の額に口づけを残した。

どれだけ褒められても困惑が勝ってしまっていた頃とは違い、今は素直に嬉《うれ》しいと感じる。

その理由はたった一つ。

生きていることに、誇りを持てるようになったからだ。

俺たちにとっての〝生きること〟、それは――――。

――前を向いて、進むことだ。

■エピローグ：嫌な予感

冬季《ふゆき》と俺は、あの日から明確に特別な関係になった。

しかしそれで生活が大して変わるわけでもなく。

元々同棲《どうせい》という形で距離感がおかしくなっていたし、代わり映えしないというのも仕方がない。

ただまあ、いつも通りでいられるだけ、俺は幸せだ。

「……最近、ハル君の周りによくない影がある気がします」

「な、何の話だ……？」

「女の危機感ですよ。すごく嫌な予感がするんです」

そんなことを話しながら、俺と冬季《ふゆき》は並んで教室へと向かう。

あれから嫌な視線に晒《さら》されることは、極めて少なくなった。

しかし視線自体は増えているような気がして、結局見た目を改善したことは良かったのか悪かったのか、イマイチはっきりしない状態が続いている。

気持ちの問題は解決したし、その時点で良かったとは言えるんだけど――。

「あ、東条《とうじょう》さんと稲森《いなもり》君。おはよー」

「え？　……あ、おはよう」

教室に入った途端、佐藤《さとう》さんが俺たち二人に挨拶を交わしてきた。

こんなことは今までなかったが故に、思わず言葉に詰まってしまう。

隣で平然と挨拶を返した冬季《ふゆき》は、相変わらずビジネススマイルを浮かべていた。

しかし嫌味な感覚はなく、これまで通りといった感じである。

俺がイメチェンをした日の翌日、二人は俺に対する失礼な言動を謝りに来てくれた。

どういう風の吹き回しかは分からないが、ひとまずそれで冬季《ふゆき》と彼女らの関係性は元に戻ったのである。

まあ、裏で冬季《ふゆき》はだいぶ渋っていたが、当の本人である俺が気にしてない様子を見て、一度は許すことにしたようだ。

「やっぱり、納得できません」

「どうしたんだよ、突然」

「あの二人のことです。急に頭を下げにくるだなんて、下心があるに決まっています」

佐藤《さとう》さんと挨拶を交わした後、俺の席までついてきた冬季《ふゆき》は、周りに聞こえない程度の声でそう主張した。

やはりまだ人間関係の不信感はぬぐい切れないようで。

これぱかりは彼女の経験が根を張ってしまっていることだから、仕方ないと言っちゃ仕方ない。

「ま、まあ、冬季《ふゆき》とまた仲良く話したいんだろう。そういう意味では下心と言えなくもないっていうかさ」

「違います！　私じゃなくて、ハル君に対して下心があるんじゃないかって話です！」

「……えぇ？」

「ずっと私は危惧していました……ハル君がしっかり髪型をセットして、疲労で荒れ気味だった肌を整えてしまえば、あなたの本来の魅力に皆が気づいて放っておかなくなるって！　私に相応《ふさわ》しい男になりたいと言ってくれた時、本当はそのままでいいんだと説得したいくらいでした！」

「そ、そうだったのか……」

「……しかし同時に、私のために変わると言ってくれたことがたまらなく嬉《うれ》しくもあったんです。人は簡単には変われません。変わるということは、これまでの自分を否定するというのとほとんど同義ですから」

確かに、そうかもしれない。

自分を変えたい。

それはつまり、今の自分でいたくないということ。

前向きな目的の中には、負の感情が込められている。

「それでも……私のために変わろうとしてくれたことが嬉《うれ》しくて、ついハル君の意見を受け入れてしまいました。――――しかし、あれは間違いだったかもしれません」

「冬季《ふゆき》⁉」

「ハル君の魅力が広まってしまったせいで、ハル君を狙う女狐《めぎつね》が確実に増えました！　これは由々しき事態です！　早急に対策を練らなければなりません！」

ああ、冬季《ふゆき》の目の中に黒い炎が見える。

俺たちの関係性を明確にしてから、彼女の感情表現は増々《ますます》分かりやすくなった。

この炎はもちろん、嫉妬の炎である。

「お前ら、朝っぱらから何言ってんだよ……」

「あら、私たちのお邪魔虫が来てしまいましたね」

「てめぇこの野郎……ハルと結ばれたからって本性見せてきやがったな」

「ええ。だってハル君以外の男性にどう思われようと興味ありませんので」

などと言いつつも、俺には分かる。

本当に関心のない相手なら、冬季《ふゆき》はそもそも当たり障《さわ》りのないことしか言わない。

言葉巧みに話題を操り、深層に触れるようなことは一切言わないのが彼女の話し方だ。

だからこうして取り繕わずに話している時点で、冬季《ふゆき》も少なからず雅也《まさや》を認めていることになる。

『西野《にしの》君にハル君の時間が取られてしまうのは少々遺憾ですが……まあ、彼があなたに必要な存在であることも分かっているので、ここは私が我慢します』

そう言ってくれた時の冬季《ふゆき》の悔しそうな顔は、多分ずっと忘れないだろう。

「はぁ……おいハル。お前こいつのどこを好きになったわけ？」

「え？　んー……全部？」

「気持ちわるっ――――と言いたいところだが、俺も彼女に対して同じことを言った覚えがあるから、この言葉はしまっておいてやろう」

「もうほとんど出てたけどな」

軽口の言い合いがこれまた面白くて、俺たちはケラケラと笑い合う。

冬季《ふゆき》は何だか恍惚《こうこつ》の表情を浮かべているけれど。

「あ、そうだ。一個聞いときたかったんだけどよぉ」

「何だよ」

「お前ってバイト続けんの？」

「ああ、一応週三くらいで復帰するつもりだ。金銭面では冬季《ふゆき》に頼らざるを得ない状況だけど、服とか嗜好品《しこう》くらいは自分で稼いだ金で買わせてほしいからさ」

これに関しては、高校卒業までという約束の下で許可をもらった。

かなり冬季《ふゆき》には渋られたが、卒業後の外出は許可制というとんでもない条件と引き換えに、何とか受け入れてもらっている。

とにかく驚いたのは、冬季《ふゆき》が本気で俺を働かせないつもりなこと。

まあ俺が冬季《ふゆき》のモノになりたいと言った以上、その方針には従うしかない。

「ふーん、なるほどね」

「それがどうかしたか？」

「あー、いや。確かお前のバイト先に、お前をめちゃくちゃ慕ってる後輩がいたよなって思って。確かこの学校の後輩でもあっただろ」

「慕ってくれてるって……まあ、そうなるのか？」

思い起こされる、赤いセミロングの髪を後ろで一つに結んだ後輩の姿。

先輩先輩とちょこまか後ろをついてくるあの感じは、決して嫌いではなかった。

今頃どうしているだろう？

そう言えば、バイトを休むことを伝えなければと思っていたのに、いつの間にか忘れていた。

「先輩！　どういうことか説明してください！」

そう、ちょうどこんな声の――――って。

「噂《うわさ》をすればじゃねぇか……」

「この八雲《や　く》世良《もせ　ら》に説明もなく他の女と付き合うとは！　どういうことですか⁉　説明を求めます！」

ひどく怒った様子で、後輩である八雲世良《やくもせら》は教室に乗り込んできた。

色々言いたいことは山々なのだが、俺が対応しようとする前に、彼女と俺の間に冬季《ふゆき》が立ちはだかる。

「な、何ですかあなたは！」

「初めまして、あなたはハル君の後輩の八雲《やくも》さんでしたよね？　私、東条冬季《とうじょうふゆき》と申します。ハル君の婚約者です」

「あ――――あんたかぁぁぁあああ！」

教室内に、怒声が響いた。

ああ、トラブルの気配がする。

あとがき

初めましての方は初めまして、私の作品を読んだことがある方はお久しぶりです。

改めまして、岸本和葉と申します。

最初に何故《なぜ》本作が電撃《でんげき》文庫様より出版される運びとなったか、その経緯《けいい》からお話させていただきます。

まず初めに、私は本作を小説投稿《とうこう》サイトであるカクヨムにて投稿《とうこう》しておりました。

そこを現在の担当様に見出《みいだ》していただき、書籍《しょせき》化の打診《だしん》をいただいたことがきっかけとなります。

まさか中学生の頃《ころ》から読んでいたあの憧《あこが》れの電撃《でんげき》文庫から連絡《れんらく》をもらえるとは思わず、しばらく足元がふわふわしていました。

WEBから本になるということで、かなり内容を改変させていただいております。

なのでWEB版も読んでくださっている方からすれば、さぞ驚《おどろ》いたことだろうと思います。

これに関しましては、担当様方と相談させていただき、WEB版をベースにより良くしたいという私の我儘《わがまま》を聞いていただいたが故《ゆえ》の形です。

個人的にはだいぶ満足しており、東条冬季という女の子の魅力《みりょく》をさらに上手《うま》く書けたのではないかと思っております。

ところで皆《みな》さん、女の子のヒモになりたいと思ったことはありませんか？

私はあります。めちゃくちゃあります。

いわゆるヒモとは、恋人《こいびと》などに養ってもらって生きる夢のような職業です。

もちろん現実的になろうと思ってなれるものではないません。

病やケガで、仕方なくそういう状態になってしまっている方だっているでしょう。

しかし憧《あこが》れるものは憧《あこが》れる。

なので何でもアリな創作の世界で、疑似《ぎじ》的にでも体験するために書き上げました。

もし現実で仕事や勉強で苦しんでいる方がいれば、ぜひこの作品のヒロインである東条冬季に甘やかされてください。

そして気に入ってくださったのであれば、周りで同じように苦しんでいる方にも広めてみてください。

主に私が死ぬほど喜びます。

最後になりますが、担当編集として支えてくださっている村上様、寺本様。

とにかく可愛《かわい》い美麗《びれい》なイラストを描《えが》いてくださった阿月唯《あづきゆい》先生。

そして本作を手に取って購入《こうにゅう》してくださった読者の方々。

皆様《みなさま》本当にありがとうございます。

ぜひ、二巻で再びお会いしましょう。

見てしまえば、

あの孤独を思い出してしまうような気がしていた。

俺の両親が好きだった、

綺麗な白い花。

『このお花には、〝幸せの再来〟って意味があるのよ』

でも、新たな幸せを、

ここにいる彼女が持ってきてくれたから――――。

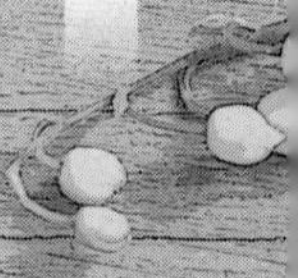

『今日も生きててえらい！』

第2巻、2022年初夏発売予定

◉岸本和葉著作リスト

「今日も生きててえらい！ ～甘々完璧美少女と過ごす3LDK同棲生活～」（電撃文庫）

本書に対するご意見、ご感想をお寄せください。

ファンレターあて先
〒102-8177　東京都千代田区富士見2-13-3
電撃文庫編集部
「岸本和葉先生」係
「阿月　唯先生」係

本書は、カクヨムに掲載された
『今日も生きててえらい!と甘やかしてくれる社長令嬢が、
俺に結婚してほしいとせがんでくる件　～完璧美少女と過ごす3LDK同棲生活～』
を加筆修正したものです。

電撃文庫

今日《きょう》も生《い》きててえらい！
～甘々《あまあま》完璧《かんぺき》美少女《びしょうじょ》と過《す》ごす3LDK同棲生活《どうせいせいかつ》～

岸本和葉《きしもとかずは》

2022年2月10日　初版発行

発行者　青柳昌行
発行　株式会社KADOKAWA
〒102-8177　東京都千代田区富士見2-13-3
0570-002-301（ナビダイヤル）
装丁者　荻窪裕司（META＋MANIERA）
印刷　株式会社暁印刷
製本　株式会社暁印刷

ISBN978-4-04-914218-1　C0193　Printed in Japan

電撃文庫　https://dengekibunko.jp/

電撃文庫創刊に際して

文庫は、我が国にとどまらず、世界の書籍の流れのなかで〝小さな巨人〟としての地位を築いてきた。古今東西の名著を、廉価で手に入りやすい形で提供してきたからこそ、人は文庫を自分の師として、また青春の想い出として、語りついできたのである。

その源を、文化的にはドイツのレクラム文庫に求めるにせよ、規模の上でイギリスのペンギンブックスに求めるにせよ、いま文庫は知識人の層の多様化に従って、ますますその意義を大きくしていると言ってよい。

文庫出版の意味するものは、激動の現代のみならず将来にわたって、大きくなることはあっても、小さくなることはないだろう。

「電撃文庫」は、そのように多様化した対象に応え、歴史に耐えうる作品を収録するのはもちろん、新しい世紀を迎えるにあたって、既成の枠をこえる新鮮で強烈なアイ・オープナーたりたい。

その特異さ故に、この存在は、かつて文庫がはじめて出版世界に登場したときと、同じ戸惑いを読書人に与えるかもしれない。

しかし、〈Changing Times,Changing Publishing〉時代は変わって、出版も変わる。時を重ねるなかで、精神の糧として、心の一隅を占めるものとして、次なる文化の担い手の若者たちに確かな評価を得られると信じて、ここに「電撃文庫」を出版する。

1993年6月10日
角川歴彦